Komtesse Helene.

Eine Kriminalgeschichte von Hans Wachenhusen

Bibliografische Information der Deutschen Nationalbibliothek. Die Deutsche Nationalbibliothek verzeichnet diese
Publikation in der Deutschen Nationalbibliografie; detaillierte
bibliografische Daten sind im Internet über http://dnb.d-nb.de
abrufbar.

Komtesse Helene.
Eine Kriminalgeschichte von Hans Wachenhusen

Neufassung und Digitalisierung von Peter Frey. Die
Neufassung nimmt leichte Veränderungen am Originaltext
vor, die der Lesbarkeit und der Übertragung in die heutige Zeit
geschuldet sind. Ziel ist es, den Charakter des Originals so weit
wie möglich zu erhalten. Peter Frey arbeitet als Publizist und
Autor in Süddeutschland.

Copyright © 2017 Peter Frey
Herstellung und Verlag
BoD - Books on Demand, Norderstedt
ISBN 9783743164925

Inhalt

Zum Autor 6
Erstes Kapitel 7
Zweites Kapitel 12
Drittes Kapitel 25
Viertes Kapitel 33
Fünftes Kapitel 39
Sechstes Kapitel 50
Siebentes Kapitel 61
Achtes Kapitel 74
Neuntes Kapitel 80
Zehntes Kapitel 94
Elftes Kapitel 96
Zwölftes Kapitel 113
Dreizehntes Kapitel 125
Vierzehntes Kapitel 131
Fünfzehntes Kapitel 148
Sechzehntes Kapitel 159

Zum Autor

Hans Wachenhusen wurde 1823 in Trier geboren und starb am 1898 in Wiesbaden. Er arbeitete als Reise- und Romanschriftsteller.

Erstes Kapitel

Himmel und Hölle, ich habe keine Wahl mehr! Und ist das, was mir zuweilen warnend ins Ohr raunt, die Stimme der Vernunft, so gibt es keinen Ratgeber, der seine Sache so verkehrt führte, wie gerade sie! Warum sprach sie nicht früher, als es noch Zeit war; warum sagte sie nicht damals zu mir: Dieses Weib da, dessen Handschuh du in der Loge von San Carlo auffingst, das dir so kalten Dank sagte, als du ihn ihr im Zwischenakt überbrachtest - dieses Weib ist ein Brander, der jeden Abend um Sonnenuntergang auf der Promenade zum Posilipp dahinfährt, um alle zündbaren Geister der Gesellschaft in Flammen zu setzen, gefährlicher als der Vesuv, dessen glühende Ströme, wenn sie zurückkehrt, ihr Auge mit so viel verwandtschaftlichem Interesse bewundert! Dieses Weib ist eine jener fessellosen Abenteurerinnen des Highlife, die in unweiblicher Selbstständigkeit trotzig ihre großen Bahnen wandelnd und, unempfänglich für die geräuschlosen Freuden des Familienlebens, nur Genüge für ihre Eitelkeit in dem Phosphorglanz finden, den ihre Schönheit inmitten einer kosmopolitischen, ihnen fremden Gesellschaft ausstrahlt ... Damals war es Zeit, ja selbst damals noch, als ich, immer wieder sie suchend, ihr täglich auf der Riviera begegnete und sie von mir kaum mehr Notiz nahm als von all den Übrigen, die, wie ich, unter ihren Augen bluteten ... Damals fand ich sie eben nur schön, anbetungswürdig schön, aber meine Bewunderung war absichtslos und eine einzige Dazwischenkunft hätte mich sie vergessen lassen. Von dem seligen oder unseligen Moment ab jedoch, wo sie mir gestattete, ihre Hand zu küssen, wo ihr Auge mir durch einen einzigen Blitz verriet, dass dieses allgemein empfindungslos gehaltene Weib ein - Weib sei, und dass unter all den Kavalieren, die durch ihre Schönheit zu den größten Tollheiten getrieben wurden, ich, der Nüchternste unter ihnen, bestimmt sei, um ihretwillen den Verstand zu verlieren ...

»Es ist zu spät, seitdem, und sage ich mir auch tausendmal, ich wäre glücklicher gewesen, hätte sie einen anderen bevorzugt, der bloße Gedanke, dass dies der Fall hätte sein können, bringt mich zur Raserei, ja ein einziger ihrer Blicke, der jetzt nicht mir gehört, reißt mich zu einer Tobsucht gegen mich selbst hin, vor deren Folgen ich zittere, je mehr ich mich hilflos gegenüber der Gewalt erkenne, die ein Weib über einen der ehedem ruhigsten und vernünftigsten Menschen zu üben vermag! ... So könnte es geschehen, dass ich, der ich bisher sorglos durch die Welt ging wie durch einen Garten, voll von Blumen, mein Leben vergiftet sehe, seit ich es wagte, mich einer einzigen derselben zu nähern! ...«

Anatole Montague hielt diesen Verzweiflungsmonolog, während er in einem der reizendsten, mit raffinierter Koketterie ausgestatteten Empfangssalons stand, die Arme über der Brust kreuzend, durch die spinnwebfeinen Gardinen auf die vornehmste Lebensader von Paris, auf die Avenue der elysäischen Felder, blickte und teilnahmslos den Reitern und den Phaethons zuschaute, die als Vorposten der beginnenden Saison um Mittag ins Bois hinauseilten.

Ermüdend in seiner Ungeduld, mit der Hand über die Stirn fahrend, wandte er sich ins Zimmer zurück. Zerstreut schweifte sein Blick über all die Nippes und Chinoiserien, die Urnen und Basen, die Alabasterstatuetten auf graziösen

Postamenten und die hunderterlei Petits riens, welche dem Salon einer Dame von Welt nicht fehlen dürfen. Lauschend haftete dieser Blick auf der Mitte des weichen, grünen Teppichs, auf welchem eine Amorettengruppe im Gras zu spielen schien. Aber kein Geräusch endet seine Ungeduld.

Er ließ sich in einen der seidenen Fauteuils sinken, stützte die Stirn in die sorgsam gepflegte Hand, erhob die Erstere wieder und starrte gegen seinen Willen auf ein über der Causeuse hängendes Ölgemälde, aus dessen mit einer Grafenkrone geschmücktem, reichem Barockrahmen ein junges Weib in Lebensgröße, einen dunklen Vorhang zurückschiebend, herauszutreten schien.

Wie Verklärung leuchtete es plötzlich auf dem bleichen, abgespannten Antlitz des jungen Mannes, die Schatten einer Nachtwache verjagend; sein Auge weitete, seine Lippen öffneten sich beim Anschauen des Bildes; mit einem entzückten Lächeln erwiderten seine müden Züge das dieses reizenden Frauengesichtes.

Jedem anderen, der den Vorzug genoss, hier einzutreten, galt freilich das Engelslächeln der lauschend hinter dem Vorhang Hervortretenden gerade so wie ihm; und gerade wie er musste jeder andere, frappiert durch die Lebenswahrheit der Attitüde, die Plastik der ganzen Gestalt, durch die Wärme der ideal schönen Züge, beim ersten Anblick betroffen dastehen, aber auch verführt, hingerissen durch die Anmut dieses Lächelns, dasselbe erwidern.

Nicht jeder indes hatte, wie Anatole Montague, den beneideten Vorzug, dieses Lächeln wie eine persönliche Huld zu betrachten. Diesen heitern, fast schelmischen und doch in seiner Wirkung bewussten Ausdruck zeigten die Züge des

Originals überall, auf der Promenade, im Theater, im Salon; jeder hatte das Recht, diese Sonne zu bewundern, ohne dass er sich rühmen konnte, es gehöre ihm auch nur ein Strahl davon. Jeder hatte auch, wo sie öffentlich erschien, das Recht, die hohe, imponierende Gewalt ihrer Schönheit zu bewundern, wenn sie ernst und sinnend erschien, denn sie liebte diesen Wechsel, weil sie wusste, dass Licht und Nacht die Langeweile eben durch ihren Wechsel verhüten; aber Anatole war der Einzige, der den Letzteren hervorbringen konnte, wenn sie ernst oder verstimmt war – und jetzt, wie er eben dasaß, verfinsterte sich dennoch plötzlich sein Antlitz wieder. Er legte die Hand über das Auge, als sei es ihm zu viel der Sonne, und, fast über sich selbst erschreckend, wandte er sich ab, erhob sich und trat wieder ans Fenster, um auf das bleiche Licht hinabzuschauen, das einer der ersten heiteren Frühlingstage über die um diese Zeit so langweilige Avenue breitete.

Auch Anatole Montague langweilte sich; noch mehr, ihm verursachte das Alleinsein im Zimmer ein furchtsames Unbehagen. In der ganzen Wohnung war es mäuschenstill; er glaubte den hohen, weichen Plüsch des Teppichs unter seinen Füßen seufzen zu hören. In ihm herrschte das nüchterne Morgengefühl nach durchschwärmter Nacht, wenn die Seele noch nicht zum neuen Tagwerk erwacht und die Gemütsbewegungen dieser Nacht warfen noch ihre Schatten in das Morgenlicht hinein.

Ein leichtes Hüsteln ließ ihn in seinen Gedanken zusammenfahren. Er wandte sich ins Zimmer zurück. Unter der schweren Brokatportiere stand das reizendste Soubrettenfigürchen, das je die Schwelle einer schönen Dame bewacht, mit brandblonden, eigensinnig krausen Löckchen auf beiden Schläfen, einem Paar listiger, brauner Augen über dem kecken, mokanten Stutznäschen und etwas sinnlichen, erdbeerfarbigen Lippen – ein Figürchen wie von Tragant, bewusst kokett, herausfordernd und übermütig, als sei sie selbst stolz auf das Dutzend Sommersprossen in ihrem weißen Teint; dabei die Reize ihrer zierlichen Gestalt so absichtlich hervorhebend, als habe sie den ganzen Tag Muße, über alle diese einzelnen Vorteile und ihre Wirkung nachzudenken.

Zoe lächelte, wie sie, beide Hände in den Falten ihrer Robe versteckend, dastand. Sie lächelte über Anatoles Erschrecken und sein heute so bleiches Gesicht und doch lag etwas von Protektion in diesem Spott.

Anatole griff nach dem auf einem Gueridon stehenden Hut und trat ihr einige Schritte entgegen.

Zoe schüttelte abwehrend das Köpfchen. Anatole hielt befremdet inne.

Zoe, die eine Hand noch immer in der Falte ihres Kleides versteckend, legte die Finger der anderen auf die frischen Lippen, und schien ihre Freude an der Erregtheit des jungen Kavaliers zu haben.

»Nun, was ist, Zoe?«, fragte Anatole mit halber Stimme.

»Die Gräfin ist unwohl!«, flüsterte sie. Der Schelm in ihr sah dabei nicht ungern, dass Anatoles zerstreute Blicke Interesse für die jugendlich frischen Details ihrer schlanken, kleinen Gestalt fanden und in unbewusster Anerkennung von einem zum anderen bis auf die kleinen Füßchen hinabirrten.

»Unwohl!«, wiederholte er enttäuscht und mit neuem Schatten auf der Stirn.

Die Zofe musterte ihn seinerseits jetzt schnippisch.

»Die Gräfin kann das Bett noch nicht verlassen, aber ...«

Zoe hielt inne, als mache es ihr Spaß, Anatole zu foltern. Als gewandte Zofe wusste sie indes genau zu berechnen, wo sie die Grenze des ihr Erlaubten zu finden habe. Ihre rechte Hand löste sich aus der Falte, sie hob zögernd ein Billett:

»Hier! Die Komtesse sendet Ihnen dies!«

Anatole griff hastig danach, öffnete das Billett und las:

»Schonung, Anatole! Ich fühle mich zu ermattet, Sie zu empfangen. Wir sehen uns heute Abend in der Oper.«

Als er die Stirn wieder hob, war Zoe verschwunden. Dieselbe tiefe Stille herrschte um ihn her. Schweigend, mit düster umwölkter Stirn, steckte er das Billett in die Brusttasche, fuhr sich zerstreut mit der Hand über den Scheitel, schöpfte tief Atem, und kaum verriet ein leises Geräusch der Außentür, dass auch er sich entfernt. Gleich darauf jagte er in seinem Américain zum Triumphbogen hinauf um draußen in der frischen Luft die Gespenster der schlaflosen Nacht und andere Schatten zu verscheuchen, die in seiner Seele spukten.

Zweites Kapitel

Eine Stunde darauf saß Anatole Montague an seinem gewohnten Platz im Café Anglais, um sein Frühstück einzunehmen.

Die Habitués dieses Etablissements am Boulevard des Capucines in Paris sind immer reiche Leute oder arme Verschwender fremden Geldes nämlich Schuldenmacher.

Anatole ist Mitglied des Jockeyklubs, und zwar eines der illustresten, dessen Auftreten unter der lebenslustigen Jugend tonangebend. Er hat die kostbarsten Pferde, und seine Farben sind auf dem Turf geachtet. Er hat die vorzüglichsten Diener in glänzenden Livreen und bewohnt ein reizendes kleines Hotel in der Nähe des Trocadero. In seinem ganzen ›Train‹ ist der feinste Stil, sein Hotel ist nach dem tadellosesten Geschmack eingerichtet; seine Pferde fressen aus Krippen von demselben Marmor, aus welchem man Götter und Göttinnen schafft.

Leute, die ihn näher kennen, wissen sich keiner jener Rohheiten an und in ihm zu erinnern, in welchen die Jugend des Jockeyklubs ihr Genüge sucht. Er ist Lebemann vom reinsten Ton, Genussmensch, jedoch mit edlem Takt in seinen Genüssen wählend; von äußerster Freigebigkeit, ohne Wert auf diese zu legen oder Dank dafür zu erwarten, verschwenderisch sogar, wo andere großmütig sind, und hat hierzu alle Ursache. Er ist dreifacher Erbe, nachdem er bereits das Vermögen seiner verstorbenen Eltern verzehrt, und unmöglich ist es selbst den Eingeweihten, die Zahl der Millionen zu berechnen, welche ihm die noch bevorstehenden Erbschaften bringen werden, nachdem er die erste derselben schon mit der sicheren Aussicht angetreten, mit ihr fertig zu werden. Ihn langweilt nur eins an diesen beiden letzten Erbschaften, dass er nämlich genötigt sein wird, um sie in wahrscheinlich naher Zeit zu erheben, nach Westindien zu reisen.

Der Überdruss im Genuss und das Übermaß mit welchem ihn das Schicksal an irdischen Gütern gesegnet, hat in Anatoles von Natur mehr ernstem Charakter eine gewisse

Gleichgültigkeit gegen beides hervorgebracht. Mit dreißig Jahren hat er alles durchgekostet ohne an irgendetwas Geschmack zu finden, vielmehr den Geschmack für alles verloren, ohne blasiert zu sein. Er hat sein Hotel geschlossen, ist auf Reisen gegangen, und der Zufall ließ ihn auf dem Dampfer von Palermo nach Neapel einer wunderbar schönen, aber krankhaft bleichen Dame begegnen, die, am Seeübel leidend, nur am Abend nach Sonnenuntergang einmal ihre Kajüte verlassen zu haben schien, um Luft zu schöpfen, und dann wieder verschwand.

Sonderbarerweise dachte Anatole zum ersten Mal seit diesem flüchtigen Begegnen ernstlich über ein Weib nach.

Bei der Ankunft in Neapel sagte ihm der Schiffsarzt, die schöne Dame sei, soviel er beim Embarkieren in Palermo gehört, eine Russin. Übrigens sei sie von der Seekrankheit so angegriffen, dass sie um die Erlaubnis gebeten habe, erst eine Stunde später das Schiff verlassen zu können.

Anatole debarkierte und bezog sein Hotel. Erst nach acht Tagen begegnete er der schönen Reisenden, die er bereits zu vergessen begann, auf Santa Lucia. Er sah sie wieder und wieder auf der Promenade zum Posilipp, die ihr Lieblingsausflug zu sein schien; aber sie war schöner noch, als sie ihm auf dem Dampfer erschienen, zum Niederknien schön, und ihr Antlitz hatte einen Reiz so eigentümlicher, unnachahmbarer Natur, ihre Haltung, ihr Auftreten hatten etwas so besonders Graziöses und doch Imponierendes, dass Anatole es für der Mühe wert hielt, sich nach ihrem Namen erkundigen zu lassen.

Komtesse Sostaniew hieß sie. Das wussten alle übrigen Elegants von Neapel viel früher als Anatole, dem sie nicht allein aufgefallen sein konnte. Sie sollte aus Russland sein, wie schon der Name vermuten ließ.

Anatole begegnete ihr täglich, ohne dass sie mehr Notiz von ihm nahm als von den übrigen Bewunderern, denen die Stunde ihrer Promenade schnell geläufig geworden war. Er sah dieses tief ernste, vornehme Antlitz von leicht angehauchter Marmorfarbe, diese wunderbaren, geheimnistiefen, dunklen Augen, diesen aristokratisch geschlossenen schönen Mund, dieses Bewusstsein einer Königin, wenn sie in einfacher, aber kostbarer Toilette im Hotelwagen vorüberfuhr. Und wiederum sah er, wie dieses ernste, schöne Antlitz, wenn es mit der Begleiterin sprach, so verführerisch, so glücklich lächeln konnte – mit demselben Lächeln eines klugen Kindes freilich, das den Eindruck, die Wirkung desselben vollkommen kennt. Aber dieses Lächeln war hinreißend, es drang wie Sonnenschein in die Seele dessen, der es sah, und Anatole, wenn er ihr begegnete, wusste nicht, ob er wünschen solle, sie ernst oder lächelnd zu sehen, denn sie war immer unsagbar schön.

Als er in der dritten Woche im Theater San Carlo saß, verwünschte er den Zufall, der ihm eine Loge unter ihr, anstatt ihr gegenüber angewiesen. Er beobachtete sie im ersten Zwischenakt von drüben und beneidete einige junge Freunde, die das Glück hatten, von der gegenüberliegenden Loge aus die schönste der Frauen belorgnettieren zu können.

Da fiel ein Handschuh von der oberen Loge vor ihn, auf die Brüstung der seinigen, als gerade Manrico eine seiner schönsten Nummern sang. Anatole starrte den Handschuh bleich und bebend an. Nur ihr konnte er gehören; er war beschädigt, durch das Applaudieren vielleicht, denn man applaudiert in Neapel mit einer gewissen Phrenesie. Anatole hatte gesehen, wie sie diesen reizenden Gegenstand im Zwischenakt von der Hand gezogen und auf die Brüstung gelegt.

Warf ihm sein bisheriges Lebensglück hier den Handschuh hin, so war es jedenfalls einer der zierlichsten, der nur ihrer Hand würdig. Der Akt ging zu Ende und Anatole war zu einem Entschluss gekommen. Er betrat die Loge der Fremden und brachte ihr mit einer verbindlichen Floskel den Handschuh.

Die Fremde wusste anfangs nicht, ob sie annehmen, dann nicht, ob sie danken solle. Sie tat beides mit ernster, aber artiger Miene und verabschiedete ihn kalt. Anatole hatte nichts gewonnen, als dass er in nächster Nähe sich überzeugte, um wie viel sie wirklich schöner, als sie ihm auf der Promenade erschienen, und dass er aus diesem Zufall das Recht herleiten könne, sie beim nächsten Begegnen zu grüßen, ohne für zudringlich gehalten zu werden.

Taumelnd erreichte er seine Loge wieder. Nach der Oper trieb es ihn in das Café di Europa. Er wählte eines der oberen Kabinette, ließ sich die Austern aus dem See von Fusaro servieren, mit denen einst Lukull seine Gäste bewirtet, leerte eine ganze Flasche Champagner, und der sonst gegen die Frauen so gleichgültig gewordene Mensch erhitzte seine Gedanken bis zu dem Grad, dass er sich vorstellte, die schöne Fremde sitze ihm gegenüber und er trinke aus dem Glas, dessen Rand ihre Lippen berührt.

Liebes- und champagnertrunken kehrte er an dem Abend in sein Hotel zurück. Er dachte die ganze Nacht an sie, und wie er seine Erinnerung auch hin und her kehrte, er musste ohne Eitelkeit doch immer wieder darauf zurückkommen, dass sie ihn zwar sehr ernst und fast strafend in der Loge empfangen, dass sie ihn allerdings auch sehr kühl entlassen, dass sie aber doch keinen entschieden ungünstigen Eindruck von ihm empfangen habe.

Um dies festzustellen, bedurfte Anatole eine ganze Nacht! Am nächsten Morgen, als er über die Piazza schlenderte, begegnete ihm bei der Foresteria ein junger Mann, der, wie er, planlos durch die Welt lief, seit einiger Zeit aber seiner kranken Lunge wegen in Neapel leben musste.

»Haben Sie über Ihren Tag nicht bestimmt, so lade ich Sie ein, mit mir nach Pompeji zu fahren!« Herr von Rostoff, ein junger Russe, sprach das mit nervöser Stimme, asthmatisch nach Luft schnappend.

Anatole bedurfte der Zerstreuung. Beide traten auf dem Toledo in eine Trattorie, um nach mäßigem Frühstück die Totenstadt zu besuchen.

Der Himmel hatte sich leicht bedeckt; es lag ein mattes, schleierartiges Dämmerlicht über der dächerlosen Römerstadt, an deren zum Teil noch gut erhaltenen Mosaikböden die Sonne sonst ihre Kraft zu prüfen pflegt. Der drohende Regen mochte die Fremden in der Stadt zurückgehalten haben, an denen es in Pompeji niemals fehlt. Es war unheimlich still, wie beide in den engen und krummen Römerstraßen auf dem schmalen Bürgersteig dahinschritten und teilnahmsvoll mit den Augen den Spuren folgten, welche die Gefährte der seit achtzehnhundert Jahren verschütteten Kampanier in dem Gestein der Straße zurückgelassen.

»Mir ist, als müsste uns jedes Mal, wenn wir um eine dieser Straßenkrümmungen biegen, ein edler Römer in seiner

Toga, zum Forum schreitend, begegnen und mich, mir einen guten Tag wünschend, mit meiner lateinischen Sprache in Verlegenheit bringen ... Ist Ihnen eine Papiros gefällig, Herr von Montague? ... Wie schade, dass die Römer den Genuss des Tabaks noch nicht kannten, wenigstens erzählt uns Plinius nichts davon!«

»Dafür tranken sie vermutlich ihre edlen Vesuvweine noch unverfälscht, während wir uns beim Eremiten oder drüben im Wirtshaus, wenn wir ermüdet zurückkehren, eine Flasche Lacrymä Christi oder einen Syrakuser vorsetzen lassen müssen, der selbst jenen berühmten Tyrannen zum Erbarmen gebracht haben würde.«

»Wie unendlich schöner war doch mein erster Besuch hier in Pompeji – Verzeihung, wenn ich ungalant gegen Ihre liebenswürdige Begleitung erscheinen sollte«, fuhr Herr von Rostoff fort. »Wir saßen in Neapel beim Diner, eine recht lustige Gesellschaft, und kamen auf die Idee, Pompeji zur Nachtzeit bei Fackelbeleuchtung sehen zu wollen. Die Fackeln waren schnell besorgt, ein paar Körbe Champagner in den Wagen gepackt. Drei reizende Frauen schlossen sich uns an; es stand uns also ein märchenhafter Genuss bevor. Es dunkelte bereits, als wir vor Pompeji anlangten. Die Nacht fiel schnell über uns herab. Der Posten - damals herrschten noch die Bourbonen - wies uns zurück und erklärte, der Eingang zur Totenstadt sei schon um Sonnenuntergang geschlossen ... Was beginnen? Der Kommandant war nicht mehr zu sprechen; er hatte sich mit den Hühnern schlafen gelegt, was ihm nicht zu verdenken, da die Toten keine unterhaltende Nachbarschaft sind. Da kam einer von uns auf die rettende Idee, dem Posten vorzustellen, ich, der ich der

Längste der Gesellschaft war, sei ein fremder Prinzipe, die übrigen seien mein Gefolge. Da nun der Fürst, nämlich ich, erst am Mittag eingetroffen und am zweiten Tag schon vom Heiligen Vater in Rom erwartet werde, so lasse er den Kommandanten höflichst um die Gunst des Eintritts ersuchen. Das wirkte. Ein Unteroffizier musste die Schlüssel bringen und uns begleiten. Bei Fackelschein durchzogen wir die Straßen, traten wir überall zu den Penaten der längst zu Asche Gewordenen. Hier und da flog eine Eule aus den Spalten und Rissen der offenen Gebäude und erschreckte die Damen, die nicht anders glaubten, als es umflattere sie der aus seiner Ruhe gestörte Geist eines Pompejaners. Es war wunderbar! Das Herrlichste aber war, als wir drüben in der Villa des Diomed zu rasten beschlossen. Der Champagner wurde herbeigeschafft, die Korken flogen, die reizenden, frischen Lippen unserer Damen kredenzten uns den Sekt, und die eine ging sogar so weit, dass sie in klassischer Begeisterung und als Dank für eine von mir in furchtbarem Küchenlatein dem toten Gastfreund Diomedes gehaltene Rede mir diese Lippen zum Kuss bot ...«

Beide waren eben plaudernd durch die Vorhalle in das Atrium eines pompejanischen Edlen getreten. Anatoles Auge ruhte auf dem halbzerbröckelten Mosaik des Bodens. Rostoffs plötzliches Innehalten zog seine Aufmerksamkeit ab. Er folgte dem Blick seines Begleiters und sah zwei Damen in dunklen Gewändern den Bogengang daher auf das Atrium zuschreiten.

Während Rostoff dastand und die Damen überrascht, vielleicht auch ein wenig verlegen anstarrte – denn der helle Schall zwischen den Mauern musste ihnen seine leichtfertigen Worte zugetragen haben – trat Anatole bescheiden zur Seite.

Die jüngere und größere der beiden Damen zog eben den Schleier über ihr Gesicht, doch zu spät, um noch unerkannt vorüberschreiten zu können. Ihr dunkles Gewand rauschte über den Steinboden vor Anatole vorüber. Dieser zog in freudigem Erschrecken mit einer respektvollen Verbeugung den Hut.

Eine knapp höfliche Bewegung des Kopfes dankte ihm. Kein Blick traf ihn durch den Schleier; von der älteren Dame gefolgt, rauschte die überraschende Erscheinung in die Vorhalle und verschwand.

Rostoff starrte Anatole fragend an.

»Donnerwetter, das war ja meine schöne, unnahbare Landsmännin!«, flüsterte er, als die Damen schon die Straße erreicht haben mochten.

Anatole stand noch in sprachloser Überraschung da, den Blick ihnen nachgewendet. Sein Herz pochte so laut, dass er darüber Rostoffs Worte kaum verstand.

»Und Sie kennen sie, während sie von uns Russen, ihren Landsleuten, nichts wissen will?«

»Wenn hier in diesem Atrium die einstige Herrin des Hauses leibhaftig, von ihren Sklavinnen umgeben, erschienen wäre, ich hätte nicht mehr ...«

»Aber Sie kennen sie!«, unterbrach Rostoff seinen Freund. »Wie kommen Sie dazu? Beantworten Sie doch meine Frage!« Dabei legte er dringlich die Hand auf Anatoles Schulter.

»Durch einen Zufall! ... Lassen Sie uns gehen!«

Anatole kam erst jetzt zu dem klaren Bewusstsein, dass ihm nichts erwünschter sein könne, als den Damen zu folgen, und zog seinen Freund mit sich fort. Mit zerfahrenem Blick schaute er nach beiden Richtungen der Straße; er eilte nach rechts, schaute um die Krümmung der engen Gasse - Rostoff atemlos hinter ihm - er rannte nach links und tat dasselbe, Rostoff wieder hinter ihm. Dann lief er aufs Geratewohl diesem voraus, aber von den Damen war keine Spur.

»Aber sie war es doch! Sie war es! Ich erkannte sie!«, rief Anatole vor sich hin, während Rostoff sich auf dem schmalen Trottoir an seine Fersen heftete.

»Allerdings war sie es – die schöne Sostaniew!«, rief er aus. »Ich hätte sie durch zehn Schleier erkennen wollen!«

»Sie kann doch nicht in den Himmel gefahren, nicht in die Erde gesunken sein!«

»Auch sehe ich keinen Aschenregen, der sie plötzlich hätte verschütten können, wie das hier bekanntlich schon früher passiert ist!«, bestätigte Rostoff, mit der Nase in der Luft, indem er keuchend folgte.

Vergeblich war alles Suchen. Offenbar mussten die beiden Damen, die sich mit Zurücklassung des Fahrers in das Labyrinth der Totenstadt gewagt, furchtsam in einem der Häuser Schutz gesucht haben. Ihre Spur war verwischt, und mutlos hielten die beiden Herren auf dem Forum inne, um sich hier gegenseitig zu versichern, dass sie keine Gespenster gesehen.

»Welch eine herrliche Gelegenheit wäre es gewesen, mich ihr hier durch Sie vorstellen zu lassen, lieber Montague!«, rief Rostoff in etwas sarkastischem Ton, sich auf einer umgestürzten Säule niederlassend. »Wie wäre es, wenn wir uns an den Ausgang postierten, wo wir jedenfalls ihren Wagen finden werden?«

»Unmöglich! Ich wünsche das Glück, ihr flüchtig bekannt geworden zu sein, nicht durch eine Taktlosigkeit zu verscherzen!«

»Hm! Sie scheint verdammt stachelig zu sein; es kann ihr hier niemand nahekommen. Übrigens dürfen Sie sich nicht rühmen, lieber Montague, dass sie von Ihnen vorhin viel Notiz genommen hätte«, setzte er boshaft hinzu, wieder mit demselben Lächeln.

»Das beweist Ihnen, wie flüchtig eben unsere Bekanntschaft ist! Bei ruhiger Überlegung wäre es mir wirklich unangenehm, wenn sie ahnte, dass wir sie verfolgt haben.«

»Bah! Nicht so schüchtern! Ein Weib, das sich mit so provozierender Schönheit allein auf Reisen wagt, musste dergleichen schon gewohnt sein!«

Rostoff zündete sich abermals eine Papiros an und blies den Rauch in dichten Wolken vor sich hin.

»Sie sehen ganz blass aus, lieber Freund!«, fuhr er fort. »Es scheint mir, dass der Eindruck, den dieses schöne Weib auf Sie gemacht, nicht so flüchtig ist wie die Bekanntschaft! Hüten Sie sich! Sie kennen meine Landsmänninnen nicht!«

»Wieso?« Montague fragte tonlos, zerstreut, während er die Spitze seines Stockes in den Schutt zu seinen Füßen bohrte.

»Nun, sie sind unzuverlässig, weniger leidenschaftlich als genusssüchtig, vorurteilslos in Übung ihrer Pflichten und anspruchsvoll in Wahrnehmung ihrer Rechte ... Aber freilich, mir fällt da eben ein, was der Fürst Pavarin von ihr erzählte, der ganz toll in sie verliebt ist und, ein junger Roué von der bei den Frauen glücklichsten Sorte, ihrem spröden Herzen den Tod geschworen hat.«

Anatole lauschte mit minder heftig pochendem Herzen. Er hielt, vor sich niederblickend, den Atem an, um keines von Rostoffs Worten zu verlieren.

»Und was erzählte er?« Rostoff ließ so lange warten, dass Anatole die Frage entfuhr.

»Nun, sie ist gar keine geborene Russin, vielmehr die Tochter eines galizischen Edelmanns.«

»Also tun Sie ihr unrecht, denn ihr so streng zurückhaltendes Benehmen deutet auf keine der Eigenschaften, die Sie Ihren Landsmänninnen soeben nachsagten.«

Rostoff machte eine Grimasse vor sich hin.

»Ihr Vater soll durch seine ausschweifende Lebensweise so total verarmt gewesen sein, dass bei seinem Tod ihm kein Halm auf seinen Äckern mehr gehörte. Die Tochter kam zu einer Verwandten nach Petersburg, ebenfalls blutarm, da das Gericht selbst auf ihre Garderobe Beschlag gelegt hatte. Man sagt, sie habe in Petersburg Furore gemacht, obgleich sie dort in beschränkten Verhältnissen lebte. Ein Jahr darauf schloss sie eine Konvenienzheirat mit dem Grafen Sostaniew, einem Mann von fünfundfünfzig Jahren, aber noch ein Riese von Gestalt. Der nahm sie zum Verdruss ihrer Verehrer mit sich auf seine Güter und ließ alle die Bewunderer, welchen die Schönheit des Mädchens nicht verborgen geblieben, mit langer Nase an der Newa zurück.«

»Und dieser Graf?« Anatoles Stimme verriet eine Ungeduld, so dass der Erzähler ihn groß anblickte.

»Nun, mein Gott, der Graf Sostaniew ist – gestorben, kaum ein Jahr nach der Heirat, in einem Duell, wie man in der Zeitung las.«

Rostoff grub, inzwischen vor sich niederblickend, Figuren in den Sand.

»Um ... ihretwillen?«

»Pas précisement ... wenigstens hat man nichts davon gehört! Soviel man sich erinnert, hat er einen Streit mit einem entfernten Verwandten gehabt, der ihn auf seinen Gütern mit Ansprüchen auf eine große Summe überfiel, um die er bei einer Erbschaft zu kurz gekommen sein wollte. Beide sollen hart aneinander gekommen sein und sich ohne Zeugen geschossen haben. Graf Sostaniew blieb tot am Platz. Seiner schönen Gattin hatte er für seinen Todesfall schon in den Ehepakten ein großes, bares Vermögen ausgesetzt, das ihr gestattete, Russland zu verlassen, und nun schon seit mehreren Jahren ihren Schmerz auf Reisen zu zerstreuen. Das ist alles, was man weiß.«

»Und was doch entschieden nur zu ihren Gunsten spricht.«

»Nun ja, meinetwegen!«, war Rostoffs schmunzelnde Antwort. »Der junge Fürst wollte jedoch von einer Liebschaft wissen, die sie in Petersburg mit einem Menschen gehabt, der nicht gerade comme il faut, und welcher sie zugunsten einer so glänzenden Partie entsagt habe.«

»Kennen Sie, lieber Freund, eine schöne Frau, der man nicht irgend was Nachteiliges anzuheften bemüht wäre?«

»Sehr richtig! Ein schönes Weib ist eine Herausforderung für ihr ganzes Geschlecht, eine Beleidigung für alle Männer, denen sie nicht gehören kann ... Ich bedaure dich, armer Montague«, setzte Rostoff für sich hinzu, als ihm ein Seitenblick auf den Nachbarn die tiefe Erregtheit desselben verraten. »Und dennoch würde ich dein größter Neider sein, wenn es dir gelänge!«

Wieder grub er, vornübergebeugt, im Sand.

Eine Pause trat ein. Anatole erhob sich aus seiner gebeugten Haltung und warf verstohlen forschende Blicke umher. Rostoff beobachtete heimlich seine Unruhe.

»Sie wünschen, dass wir aufbrechen? Ich lade Sie zu einem kleinen Diner drüben im Gasthaus ein, so gut wir es eben werden haben können ... Vielleicht,« setzte Rostoff listig hinzu, »haben wir von der Terrasse aus das Glück, unsere Schöne vorüberfahren zu sehen, und das wird sie uns schließlich nicht so übel anrechnen dürfen.«

Rostoff traf Anatoles Gedanken, und doch fand dieser im Ausgang der Totenstadt weder den dort gesuchten Wagen, noch hatte er das ihm von seinem Begleiter in Aussicht gestellte Glück, die Gräfin vorüberfahren zu sehen. Zerstreut und missgestimmt langte er gegen Abend wieder in seinem Hotel an.

Drittes Kapitel

Anatoles Bemühungen, sich der Gräfin Sostaniew in Neapel zu nähern, blieben ebenso fruchtlos wie die aller übrigen Bewunderer. Selbst der junge Fürst gab seine Nachstellungen auf. Die schöne Russin erschien abends auf der Promenade wie ein Irrwisch und verschwand dann wieder in ihrem Hotel. Ihre Wohnung blieb jedem Fremden verschlossen; es schien sogar, als vermeide sie schon das

Theater, denn man sah sie nur noch bei ganz besonders interessanten Vorstellungen und selbst dann lag sie in den Fond der Loge zurückgelehnt, um nicht bemerkt zu werden. Ihre stete Begleiterin war die alte Dame, der beizukommen ebenso schwierig war.

Gerüchteweise hörte man eines Tages, die Letztere sei plötzlich gestorben. Man nahm an, sie sei eine Verwandte der schönen Frau gewesen. Von demselben Tag ab suchte man die Gräfin vergebens; sie war mit Hinterlassung großer Trinkgelder an die Bedienung des Hotels ganz plötzlich abgereist, ohne eine fernere Adresse zu hinterlassen, da sie keine Briefe zu empfangen pflegte.

Anatole erschien es unbegreiflich, wie er so lange in Neapel habe verweilen können, in einer Stadt, die, abgesehen von ihrer unbestreitbar schönen Lage, nicht das geringste Interesse für ihn mehr habe. Der Himmel und der Golf mit ihrer ewigen, unveränderlichen Bläue waren ihm monoton bis zur Unerträglichkeit; den Vesuv konnte er nach dem Gedächtnis aufs Papier zeichnen, die Promenade zum Posilipp zeigte ihm immer wieder dieselben Gesichter; Bajae, Kap Misene, die Inseln Ischia, Procida und Capri sahen heute so aus wie gestern und wie sie seit undenklichen Zeiten ausgesehen; sein Lieblingsplätzchen Sorrent mit den reizenden Zitronengärten, die ganze Riviera über Castellamare, Torre del Greco, del Annunciata, Resina und Portici - alles sah ihm so nüchtern aus; in den Theatern gähnte er und hatte keine Aufmerksamkeit weder für die Bühne noch für die Gesellschaft.

»Ich bin jetzt ein halbes Jahr von Paris entfernt«, reflektierte er. »Der Karneval beginnt eben dort; die Saison ist in ihrer höchsten Blüte; versuchen wir es einmal wieder in Paris, das mir im Grund doch mehr Zerstreuung bietet, als das ewige ›Santa Lucia, Santa Lucia‹ der Mangia-Maccarone, das mir hier täglich in die Ohren klingt!«

Sein Freund Rostoff musste des Klimas wegen in Neapel bleiben, sprach aber von Palermo. Dieser Russe hatte sich, seit die Gräfin Sostaniew verschwunden war, ein Behagen daraus gemacht, Anatole bei jedem Zusammentreffen ein paar Brocken hinzuwerfen, nämlich kleine Neuigkeiten, die er hinterdrein noch über die schöne Gräfin gehört haben wollte. Immer waren diese Mitteilungen geeignet, die Flamme in Anatoles Herzen wieder zu schüren.

Unter anderem sollte ein Russe in Neapel angekommen sein, der die Sostaniew näher kennengelernt, als sie noch nicht verheiratet war. Als Mädchen hatte dieser erzählt, habe sie gar keinen Sinn für eine so glänzende Existenz geäußert, wie sie dieselbe später geführt, dagegen einen überaus leidenschaftlichen Charakter gezeigt. Als ihre Verwandte ihr den Grafen Sostaniew zugeführt, habe sie ihn entschieden zurückgewiesen, dieser aber habe sie so mit den glänzendsten Präsenten förmlich überschüttet, dass die Eva in ihr erwacht. Ganz plötzlich habe sie mit einer überraschenden Freudigkeit in die Heirat gewilligt, sei auch ebenso freudig bereit gewesen, ihrem Verlobten auf seine langweiligen Güter zu folgen, während alle, die das schöne Mädchen auf den Promenaden bewundert, vergeblich gehofft, sie in die Gesellschaft der Aristokratie eingeführt zu sehen. Sie hatten gemeint, der Himmel sei für alle, und da habe ihn der massive und ziemlich rohe Graf Sostaniew ganz allein für sich in Beschlag genommen. Ein schöneres, mit allen Reizen so verschwenderisch ausgestattetes Weib gebe es auf der Erde nicht, schloss Rostoff seinen Bericht; und sicher habe sie Russland verlassen, um all den Anträgen zu entfliehen, die man nach dem so plötzlichen Tod des Gatten ihr zu Füßen gelegt hatte. Dass sie diesen Menschen noch betraure, sei undenkbar, weil sie ihn in der Tat nie geliebt haben könne, aber ebenso undenkbar sei es, dass sich ein so leidenschaftliches Gemüt nicht nach den Freuden sehne, auf die ein schönes Weib die höchsten Anrechte habe.

Rostoff war offenbar ein heimtückischer, schadenfroher Mensch, denn nach und nach brachte er Anatole noch andere Neuigkeiten über die Frau von Sostaniew, angeblich immer aus dem Mund eines Russen, der den verstorbenen Grafen näher gekannt, und der außer sich vor Entzücken über die Schönheit und Liebenswürdigkeit der jungen Frau sei. Aus purer Schadenfreude - denn andere Gründe konnte er scheinbar nicht haben - nährte er die Leidenschaft Anatoles mit detaillierten Schilderungen von der Schönheit dieses Weibes, sämtlich aus dem Mund dieses Russen, und schloss immer wieder damit, es sei jammerschade, dass derselbe erst nach der Abreise der Sostaniew in Neapel eingetroffen, denn durch ihn hätte man unfehlbar ihr näherkommen können.

Anatole verließ eines Morgens Neapel, sich von Rostoff nur durch seine Karte verabschiedend. Der Letztere gehörte zu den jungen Männern, denen die Gebrechlichkeit des Körpers den zerstörenden Genuss weltlicher Freuden nicht mehr gestattet, die also eine Genugtuung darin finden, andere, mehr Begünstigte vergeblich danach schmachten zu sehen.

»Ich wette darauf, er ist ihr nach!«, lachte er vor sich hin, als er Anatoles Karte empfing. »Aber sie hat, wie sie es in Russland getan, die Spuren hinter sich so gut verwischt, dass er viel Glück haben müsste, sie zu finden, und dann lässt sie ihn vielleicht ebenso gründlich abfallen wie mich!«

* * *

Als Anatole Montague unerwartet in Paris wieder eintraf, empfingen ihn seine Freunde mit offenen Armen, er aber schien noch weniger Sinn für die Jockey-Debauche heimgebracht zu haben, als er mit auf die Reise genommen. Er war ernst, zerstreut, einsilbig; er besuchte trotzdem mit Hast und Unermüdlichkeit alle Soireen, alle Theater, und doch war es ersichtlich nicht die Zerstreuung, die er suchte.

In seinem Hotel blieb alles, wie es war. Seine Pferde interessierten ihn weniger noch als sonst; seine Freunde sah er nur bei sich, so oft es die gesellschaftliche Rücksicht verlangte und wenn sie gingen, war er froh, sie wieder los zu sein! Im Klub wettete er allerdings hohe Summen, jedoch ohne Interesse; im Bois roulierte er täglich, hatte aber für seine Freunde und namentlich Freundinnen, die alle Welt kennt, wenig Aufmerksamkeit. Bei der ›Descente‹ musterte er, in der Avenue haltend, einen Wagen nach dem anderen, hatte nur knappe Worte für die, welche ihn, vorüberreitend oder - fahrend, anredeten, und war der Letzte, der mit düsterer Miene nach Hause zurückkehrte.

»Anatole ist verliebt!« Zu dem Schluss gelangte in wenigen Wochen der lebenslustige Teil von Paris, der im Café Anglais und im Maison Dorée zu Hause zu sein pflegt, und selbst in den Garderoben der Aktricen en vogue war man einig, dass mit Anatole Montague nichts mehr anzufangen sei. Er sei unstreitig in ein eben aus der Pension entlassenes Kind oder in die Frau eines anderen verliebt; man müsse ihn seines Weges gehen lassen, bis er ausgeschwärmt habe.

Das Geheimnis von Anatoles Verstimmung sollte gerade in einer dieser Garderoben verraten werden.

Eine der ihrer Toilette und ihrer Abenteuer wegen gefeierten Aktricen roulierte am Nachmittag eines der letzten heiteren Wintertage im Bois, als Anatole auf seinem langschweifigen andalusischen Brandfuchs an ihr vorüber ritt und nur einen gleichgültigen, stummen Gruß für sie hatte. Verdrießlich schaute sie ihm nach; sie sah plötzlich sein Pferd sich bäumen, dass die weiße Mähne im Winde flatterte, dann sich wieder auf seine Füße stellen und, von dem Reiter herumgerissen, einer Equipage folgen, in welcher die Aktrice eine bis dahin im Bois unbekannt gewesene Schönheit neben einer hübschen, stumpfnäsigen Zofe erblickte.

Die Dame war ohne Zweifel fremd, die Zofe jedoch musste eine Pariserin sein, darauf ließ sich schwören. Die Dame musste zum ersten Mal im Bois auftreten, denn sie war so schön, dass sie alles schlug, und dergleichen kann im Bois nicht geschehen, ohne dass schon am Abend in allen Logen davon gesprochen würde. Das Merkwürdigste aber war, dass Anatole, bleich, mit wirrem, stierem Auge eiligst dieser Equipage folgte, an seinen intimsten Freunden vorüber jagte, ohne von ihnen Notiz zu nehmen.

In der Tat hatte Anatole im Bois die Gräfin Sostaniew wiedergefunden und bei ihrem Anblick sein Pferd so stark pariert, dass dasselbe sich hoch aufbäumte. Er war ihr gefolgt mit Jubel im Herzen; er musste ihr bemerkbar werden, denn schon die glänzende Farbe seines Tieres lenkte überall die Aufmerksamkeit auf den Reiter. Und sie sah ihn, wie er langsam an ihr vorüber ritt, im ersten Moment gleichgültig, dann überrascht, als Anatole ihr höflich seinen Gruß sandte. Sie errötete sogar, und das brachte den jungen Mann in die seligste Verwirrung.

Wieder und wieder ritt er an ihr vorüber, als der Wagen der Gräfin um den See fuhr. Da plötzlich entdeckte er einen Reiter, der neben dieser Equipage plaudernd und langsam daher ritt, den Marquis Chambras, einen der bekanntesten Legitimisten. Der Letztere kannte die schöne Fremde, er sprach mit ihr in gewisser Vertraulichkeit, wie sie einem älteren Herrn gestattet ist, und sie lächelte ihm entgegen mit einer unbefangenen Herzlichkeit, von der selbst einige Sonnenstrahlen in Anatoles so lang umdüstertes Herz fielen.

Der Marquis de Chambras kannte sie, und gerade die Salons dieses Mannes hatte Anatole seit seiner Rückkehr vernachlässigt!

Es war im Grund für Anatole nichts verloren als – Zeit. Er ließ den Marquis nicht aus dem Auge und war an dessen Seite, als dieser sich von dem Wagen getrennt. Der Marquis fand nichts natürlicher, als die Frage nach der schönen Fremden, die er wohl einige hundertmal heute im Bois zu hören vorbereitet sein musste.

»Wir lernten sie in Nizza kennen, meine Frau und ich!«, antwortete er Anatole. »Eine charmante Person, die, mit uns in demselben Hotel wohnend, uns interessierte, weil sie sich so ganz der Gesellschaft entzog, während diese tausend Netze nach ihr auswarf. Sie ist erst seit acht Tagen hier und war gestern Abend in unserer Soiree der Gegenstand der Bewunderung, des Entzückens ... Ah, lieber Montague, ein Weib wie dies gibt es nur einmal in der Welt! Sie ist gewachsen wie eine Palme, geformt wie eine Venus, dabei graziös und lebhaft wie eine Gazelle; sie hat ein Auge, das zum Verzweifeln bringen kann, wenn es ernst und ruhig, zum Wahnsinn treiben musste, wenn es einem anderen lächelt, und diese Büste, diese Hände, dieses wunderbar kastanienfarbige Haar«.

Der Marquis küsste seine Fingerspitzen ... »Ach, lieber Montague«, setzte er hinzu, »der Himmel erweist eigentlich jedem Mann, der ein Herz im Leib hat, eine Gnade, wenn er sie ihm nicht in den Weg führt, denn bei Gott, diese Frau übt scheinbar absichtslos und dennoch bewusst, bald frohherzig wie ein Kind, bald tief sinnend wie die Göttin des Rätsels, mit unerforschlich tiefem Auge, eine Gewalt über uns Männer, die uns zu allem fähig macht, nur nicht zur geringsten Herrschaft über uns selbst! Ich weiß das zu beurteilen, junger Freund, ich mit meinem grauen Haar, der ich mir bei ihrem Anblick sagen musste: Du hast deine schönsten Lebenskräfte an elende Kreaturen verschwendet und wärest imstande, wie Faust, deine Seele dem Teufel zu verschreiben, nur für eine Spanne Zeit, um ein Weib wie dieses ...«

»Zu ruinieren und dich mit ihr; wir kennen das!«, fiel ein Reiter ein, der sich inzwischen zu ihnen gesellt, ohne von dem Marquis in seiner Ekstase, von Montague in seiner Andacht bemerkt zu sein. »Du sprichst von der schönen Fremden; das ganze Bois ist außer sich!«

Anatole hörte die letzten Worte nicht mehr. Es litt ihn nicht an der Seite des alten Herrn; ohne Adieu blieb er zurück, jagte noch einmal den ganzen sich langsam nach dem Triumphbogen zurückbewegenden Zug der Wagen entlang, suchte vergebens nach der Schönen und langte in einer Stimmung vor seinem Hotel an, die an eine gänzliche Geistesabwesenheit grenzte. Nur eines einzigen war er sich bewusst: Des Gedankens an sie, an ihren Besitz, und diese letztere Vorstellung erschien ihm selbst toll und wahnwitzig, denn er hatte hierfür keine andere Berechtigung, als die einer ganz flüchtigen, zufälligen Bekanntschaft, die sie vergessen zu wollen nur allzu geneigt schien, denn selbst ihr Erröten, als er sie im Bois grüßte, war sicher nur eine Äußerung der Verlegenheit – sie mochte ihn nicht einmal wiedererkannt haben!

Viertes Kapitel

Die Marquise de Chambras hatte in Nizza ein Wesen gefunden, das sie schützen, mit dem sie Furore machen konnte. Sie war einst, und zwar während der ersten Blütenjahre des neuen Empire, Hofdame gewesen und konnte ihre eigene Jugend nicht vergessen. Man sagte von ihr, sie habe bis ins vierzigste Jahr und darüber auf ihrer Toilette stets ein Bild von sich selbst aus der schönen Zeit, da sie zwanzig zählte, stehen gehabt und ihre Toilette nie eher beendet, als bis es ihr gelungen, durch Schminke und Farbe sich diesem Bild wieder vollkommen ähnlich zu machen.

Ein starrer Legitimist, wie der Marquis war, hatte er die imperialistische Hofdame nur ihres großen Vermögens willen geheiratet, nachdem er das seinige durchgebracht, und die Marquise fand sehr bald, dass es ganz gleichgültig sei, welcher Partei man angehöre, wenn man sich nur amüsiere.

Ihre Klugheit ersah sehr schnell, welche Vorteile ihr eine so ausfallende Schönheit, wie die der Gräfin Sostaniew, gewähren könne. Sie suchte deshalb die Bekanntschaft derselben. Die schöne junge Witwe aber hatte für die Marquise einen Fehler, der erst überwunden werden musste: sie liebte die Zurückgezogenheit, und das war bei solchen Vorzügen eine Betise.

Es war in den Augen der erfahrenen Frau eine Unmöglichkeit, dass diese Zurückhaltung andere als äußere Gründe haben könne. Ein so engelgleiches Lächeln konnte keinem Weib gegeben sein ohne die Gemütsanlage hierzu. Die Gräfin Sostaniew also wurde von ihr gegen den Willen in allerlei Zerstreuungen hineingezogen: Die Marquise beobachtete sie dabei aufmerksam und fand, dass es irgendetwas geben müsse, was das Herz der schönen Frau bedrücke.

Der Tod ihres Gatten war es nicht; und wie kann auch ein junges, reizendes Weib den Tod eines bald sechzigjährigen Mannes lange betrauern – zwei volle Jahre und darüber! Das war der Marquise erste Beobachtung. Die nächste ließ sie annehmen, dass die schöne Frau eine unglückliche erste Liebe im Herzen trage, und es gelang ihr durch Erkundigungen, dies so halb und halb bestätigt zu sehen. Gegen diesen empfindlichen Punkt richtete die Marquise also ihre Operationen.

Helene Sostaniew gab unter so erfahrener Führung in der Tat bald ihren Hang für die Einsamkeit auf. Sie akzeptierte sogar die hübsche kleine Zofe, die ihr die Marquise als Ersatz für die in Neapel gestorbene Begleiterin nach Nizza kommen ließ ohne Ahnung, dass Frau von Chambras in diesem gewandten Mädchen den Schlüssel zu allen früheren und späteren Geheimnissen der jungen Frau in Händen zu haben berechnete.

In mütterlicher Vorsicht schirmte sie die junge Freundin vor all den Bemühungen der Männerwelt, sich der Letzteren zu nähern. Selbst der Marquis hatte strenge Order, alle zudringlichen Bitten um Vorstellung zurückzuweisen, soweit dies irgend der gute Ton gestatte, und unangefochten führte sie ihren Schützling nach Paris, wohin zu folgen Helene mit großer Freudigkeit eingewilligt. Hier glaubte die Marquise, einen ganzen Feldzug mit der schönen Russin eröffnen zu können. Sie wusste, dass dieselbe enorm Furore machen werde. Helene besaß die Mittel, als junge Witwe ein glänzendes Appartement beziehen, Damen von Welt bei sich empfangen zu können, und schließlich gehörte eine solche Schönheit nirgendwohin als nach Paris.

Wie sehr die Marquise auch ferner noch in Helene gedrungen, um von deren früheren Lebensereignissen zu hören, sie hätte fast gerade so viel von einem eben aus der Pension kommenden Mädchen erfahren können. Helene sprach von ihrem Vaterhaus in Galizien, von ihrer Übersiedlung nach Petersburg und von ihrer Ehe, in der sie sich keineswegs unglücklich gefühlt. Sie lächelte dabei so harmlos, als bedaure sie, nicht mehr erzählen zu können, da ihr Leben zu unbedeutend gewesen.

Die Marquise meinte innerlich, ein kleiner Roman werde doch wohl mit untergelaufen sein, indes war es nicht geraten, ihn aufzufrischen.

Durch Fürsorge der Frau von Chambras bezog Helene Sostaniew in der Nähe derselben eine Wohnung, die in wenigen Tagen durch die Fournisseure im kokettesten Stil und Geschmack hergerichtet wurde. Auf Wunsch der Marquise hatte Helene sogar schon in Nizza einem von ihr protegierten jungen Maler sitzen müssen, der sich durch ein Meisterwerk, Helenes Porträt, in jenem Bad en vogue brachte, und nach wenigen Tagen schon zierte dies Bild den Empfangssalon der schönen Frau.

Die Wintersaison war auf ihrer Höhe, als die Marquise ihren Schützling in die Gesellschaft einführte. Sie hatte vollauf Ursache, mit dem Erfolg zufrieden zu sein. Helene vergaß die stille Melancholie, die sie oft tagelang umfangen hielt; sie wurde heiter, konnte sogar hinreißend in einem Übermut sein, der sie so schön kleidete: sie entwickelte das Talent zu einer Koketterie, eine Sicherheit auf dem Parkett, eine Unbefangenheit inmitten all der Bewunderung, die sie zum Stern der Gesellschaft machte, einen Esprit, eine Pikanterie in der Unterhaltung und namentlich eine Fähigkeit, sich in dem Lichtmeer der Lüster, zwischen den Wellen der sie umrauschenden Gazen, Tülle und Seidenstoffe zu bewegen, welche selbst dem größten Talent doch nur die Gewohnheit geben konnte. Der Marquise wollte es deshalb erscheinen, als sei Helene Sostaniew nicht ganz aufrichtig in ihren Bekenntnissen gewesen; indes sollte sie sich bald überzeugen, dass es taktlos von ihr selbst gewesen, einer jungen Witwe, die sich so vollkommen ihrer Reize bewusst, in welcher der Lebensdrang, die Freude an der Welt seit ihrem Eintritt in Paris so mächtig erwachte, ein Bekenntnis ihrer Schicksale abfordern zu wollen. Es war genug, dass Helene die feinste Erziehung, den höchsten Takt zeigte, sich vollständig auf der Höhe der Stellung einer ›Dame du Monde‹ bewegte.

Vielleicht erfuhr sie ja, was sie wissen wollte, noch durch Zoe, die ihr zuweilen einen konfidentiellen Besuch machte. Übrigens hatte sie schon von dieser vorläufig gehört, dass die schöne Witwe von ganz merkwürdig ungleicher Gemütsstimmung sei, dass sie oft an Schlaflosigkeit leide, zuweilen, wenn sie sich selbst überlassen, zusammenschrecke, dass sie zucke, wenn sie unerwartete Tritte höre, überhaupt oft an großer Nervenstörung kränkeln müsse, was wohl eine Folge erlittenen Kummers sein werde.

Die Marquise wusste, dass es unter hundert Frauen in Paris kaum eine gibt, die nicht »ihre Nerven« habe; Helene wurde ihr dadurch doppelt interessant. Es lag nur an der jungen Frau selbst, jeden Tag, jede Stunde sich eine »große Sensation« zu bereiten, welche das Nervensystem wieder in Ordnung bringe. Die reichsten und glänzendsten Kavaliere kannten keinen höheren Wunsch, als ihr zu Füßen liegen zu dürfen, und namentlich Anatole Montague lief dem Wahnsinn in die Arme mit seiner Schwärmerei für Helene, die ihrerseits, ohne bei dem ersten Zusammentreffen mit diesem jungen Mann nur den Schatten einer Gemütsbewegung zu zeigen, sich doch erinnerte, in Neapel im Theater eine nicht von ihm begehrte Galanterie entgegengenommen zu haben.

Man konnte nach der Marquise Meinung nicht gleichgültiger von einem so eleganten und allgemein begehrten Kavalier wie Montague sprechen hören, als Helene. Dieselbe Gleichgültigkeit aber zeigte sie den übrigen Herren, die sie umschwärmten. Sie behandelte den einen ernst und mit der Haltung einer Königin, den anderen lächelnd und mit bezauberndem Übermut; keiner aber durfte sich des geringsten Scheines eines Vorzugs rühmen. Sie sah sich sogar gern umschwärmt; sie suchte gleich anfangs in Paris die Gesellschaft, wenn sie nicht ihre Tage hatte, an denen sie erklärte, sie sei ermüdet, erschöpft durch das Übermaß von Zerstreuung und wolle ihre Wohnung nicht verlassen, an denen sie sogar ihrer Zofe Urlaub gab, um zu den Eltern zu gehen. Strahlender aber, heiterer und übermütiger trat sie danach wieder in den glänzenden Kreis, der in ihr seine Sonne vermisst hatte.

Ihre stillen Neiderinnen behaupteten, die Komtesse Helene ziehe sich stets nur auf einige Tage zurück, um mit ihren Modistinnen insgeheim neue Toilettenüberraschungen zu beratschlagen, denn enorm reich, wie sie sein müsse, sei ihr Wiedererscheinen nach einer solchen Pause immer durch die Sensation bezeichnet, welche sie durch irgendeine neue Toilette mache.

Inzwischen aber beobachteten die »Intimen«, dass auch Frau von Chambras, die vor ihrer Reise nach Nizza endlich kapituliert, das heißt, die Übermacht der Zeit anerkannt hatte, viel schöner und jugendlicher werde. Sie hatte von neuem zur Palette gegriffen, um durch peinlich sorgfältige Maquillage ihres Schützlings würdig zu erscheinen.

Fünftes Kapitel

Vielleicht hatte die mütterliche Freundin einiges Verdienst um den Vorzug, welcher Anatole von der schönen Helene eingeräumt wurde. Montague war der alten, aber lebenslustigen Dame stets als das Muster eines Kavaliers erschienen, und sie grollte ihm bereits, dass er nach seiner Rückkehr ihre Salons vernachlässigte. Sie wusste, warum er jetzt so eilig kam, aber sie verzieh ihm das gnädig lächelnd; sie las seine Leidenschaft in seinen Augen, doch wenn einer ihrer schönen, jungen Freundin würdig, so war es Montague, und dass bei solcher Umwerbung ihr Witwenstand nicht von langer Dauer sein könne, begriff sie schnell.

Montague war ein schöner und, was mehr, interessanter Mann. Er besaß den ungezählten Reichtum, um die kostspieligen Instinkte befriedigen zu können, die sich unter so bewährter Leitung schnell in Helene entfesselten.

Aber Helene selbst schien für nichts weniger Sinn zu haben, als für ein neues Eheband. Das Witwentum in Paris hat seine besonderen Reize, es ist der Neid aller Mädchen, aller Frauen. Die Ersteren stellen sich nichts herrlicher vor, als eine schöne, junge Witwe zu werden – natürlich eine reiche, um schrankenlos den eigenen Launen und Eingebungen leben zu können. Die anderen durchbrechen zwar auch schon nach den Flitterwochen jede Schranke als spießbürgerliches Vorurteil, aber es fehlt ihnen doch das süße Privilegium, das »Prestige« der Witwe, um dessentwillen man sich gern die Entbehrungen einer Jahrestrauer auferlegt. Das Boudoir einer schönen und reichen jungen Witwe ist in Paris für die Männerwelt der Himmel aller Wonnen, der nicht einmal durch das Porträt des Seligen getrübt wird. Die Ehe ist hier ja nur Konvenienz, und ist diese vorüber, so hat man seine Position in der Gesellschaft.

* * *

Wir sahen wenigstens den Vorhimmel, als Anatole, ungeduldig des Empfanges wartend, in demselben stand. Sein nervöser Zustand bewies, dass er diesen Himmel nicht ohne äußere und innere Kämpfe erreicht.

Helene Sostaniew war seit drei Monaten in Paris. Wie unnahbar sie während der ersten Zeit erschienen, wie souverän sie alle Huldigungen entgegengenommen, schon im zweiten Monat langweilte dies die Welt. In den Klubs, in den Logen der Theater begann schon die ›Blague‹ sich an ihr zu versuchen, und im dritten Monat wollte man endlich schon allerlei Positives über die junge Witwe wissen. Unnatürlich wäre es einem jeden erschienen, wenn man von ihr gar nichts zu erzählen gehabt hätte, als was alle Welt wusste: dass sie schön, unvergleichbar schön sei.

Die Marquise lächelte oft still und prophetisch vor sich hin. »La fille d'Eve!«, murmelte sie. »Montague ist ohne Zweifel der Glücklichste; aber ob nicht andere auch glücklich sind? Unbegreiflich, wie man in ihrer Heimat, im Land der Wölfe und Bären, umgeben von Bauern und Kosaken, so viel natürlichen Schick gewinnen kann! Sie ist routiniert; ich erschrecke jetzt bei dem Gedanken, dass ich sie als Schülerin habe behandeln können. In drei Monaten lernt selbst das größte Talent in diesem Fahrwasser nicht schwimmen! Sie musste die reizendste Heuchlerin sein, die mir jemals erschienen; aber warum? Spielt sie eine Rolle und weshalb? Sie ist frei, unabhängig, reich, schön ...«

»Hast du je eine junge Witwe auf so gefährlichem Posten wie dem ihrigen gesehen, die aufrichtig gewesen wäre?«, warf der Marquis ein. »Den Kampf, den sie mit der Welt aufgenommen, kann sie nur mit Schlauheit führen. Bei ihr heißt es stets: sentinelle, en garde! Und schläft diese Schildwache nur einmal ein, so ist sie überrumpelt und ... verloren, weil sie sich selbst zu überwachen hat. Frage ein einziges von allen Weibern, ja dich selbst, ob ihr ihr die Schönheit gönnt; frage einen einzigen von all den Männern, die für sie in den Tod gehen möchten, ob er für sie ist, ob sein Egoismus nicht auf ihr Verderben spekuliert, und du begreifst nicht, dass ihre Klugheit ihre einzige Waffe ist! Ihre aufrichtigen Freunde sind nur wir älteren Männer, die sie ohne Eigennutz bewundern ...«

»Aber mit Bedauern!«, unterbrach ihn Frau von Chambras.

»Meinetwegen! Der Grund ist gleichgültig! Mein Eigennutz reicht nicht über das Handgelenk hinaus, wenn sie mir gestattet, ihre schönen Fingerspitzen küssen zu dürfen.«

»Und doch geht euer Auge weiter, denn gerade ihr seid es immer, die sich nicht an ihren Reizen sattsehen können!«

»Appetit haben und genießen können ist zweierlei.« Damit brach der Marquis das Thema ab und ließ sein Coupé vorfahren, um sich zu einer der galanten Aktricen des Baudevilletheaters zu begeben.

Helene Sostaniew war also seit drei Monaten in Paris. Sie führte die sorgenloseste Existenz, empfing bei sich die Blüte der weiblichen Aristokratie, war der Stolz der Modistinnen, deren Leistung keine größere Reklame finden konnte, als Helenes tadellosen Wuchs. Erschien sie an heiteren Wintertagen an der Seite der Marquise oder sonst einer älteren Dame auf der Promenade, so war diese in Aufruhr; betrat sie die Loge des Theaters, so galt nur ihr die allgemeine Aufmerksamkeit.

Sie führte am Morgen ein wollüstiges halbes Traumleben, am Mittag die Existenz einer Königin, die ihre Huldigungen empfängt, bis spät in die Nacht ein Libellenleben im künstlichen Sonnenschein der Salons, und glücklich lächelnd bettete sie in der Nacht ihr schönes Haupt auf das Kissen, um eben jene schönen Träume zu durchleben, die noch in den hellen Morgen hineinragten, wenn sie nicht, wie Zoe schon verraten hatte, durch ein jähes Aufschreien der Seele zuweilen in diesem Zustand unterbrochen wurden.

Die verflossene Nacht war für Helene eine stürmische gewesen. Der Herzog von Vermont hatte zum letzten Mal in der Saison die Creme der Gesellschaft bei sich gesehen. Helene war nicht nur der Liebling des alten Herzogs geworden, auch der Sohn, ein liebenswürdiger Mann von etwa vierundzwanzig Jahren, schwächlich und von nur zu weichem, biegsamem Charakter, schwärmte für sie und hatte in dem Trubel des Festes kurz vor Mitternacht, vielleicht ein wenig durch Helenes eigenes Zutun, die Gelegenheit gefunden, ihr seine Leidenschaft in den glühendsten Farben zu schildern.

»Herzogin von Vermont!«, flüsterte ihr eine Stimme ins Ohr, als sie heute am Vormittag, tief zurückgezogen, für die Welt nicht existierend, allein in ihrem Schlafgemach saß, einem mit blauem Damast tapezierten, mit den kostbarsten

Mobilien garnierten Zimmer, das sie morgens nie zu verlassen pflegte, wenn sie sich unwohl fühlte.

Der russische Samowar, von dem sie sich auch hier nicht trennen mochte, brodelte und zischte vor ihr auf dem Tisch; sie hörte es nicht, während Zoe lauschend hinter der geschlossenen Tür stand, vergeblich den Augenblick erwartend, wo die Komtesse ihr befehlen werde, den Tee zu bereiten. In dem Kamin knisterte die Flamme verlöschend, da niemand sie pflegte, nur dann und wann aufzuckend und ein grelles Licht über den blauen Stahl und die kleinen Marmorkaryatiden werfend, welche das Gesims trugen. Der Pendel der Stutzuhr, eines Prachtstücks, das ihr der alte Herzog verehrt, ging geschäftig hin und her, der Zeiger sprang von einer Sekunde auf die andere, und die zierlichen, geflügelten Amoretten, die in ihren Händchen den Vorhang des Himmels lüfteten, um das schönste Weib in seinen Träumen lächeln zu sehen, sie warteten vergebens auf eine Bewegung der Herrin, die auf einer Chaiselongue im weißen Morgengewand hingegossen dalag.

Helene war bleich wie der Marmor des Kamins; ihre Augen schienen geschlossen, und dennoch zuckte es zuweilen in den langen Wimpern; ihr dunkel kastanienbraunes Haar hatte sich aus den losen Banden befreit, es fiel über die Schläfe auf den üppigen Nacken, über die halb entblößte Brust, während eine kleine, weiße Hand das durch die Unruhe verschobene Gewand fröstelnd auf derselben festzuhalten suchte. Kein Bildhauer hat je so vollendete Konturen geschaffen, wie sie sich hier von der Schulter bis auf die Fußspitze abzeichneten, von der eben ein zierlicher seidener

Schuh zu dem anderen hinabzufallen drohte, der schon auf dem weißen Teppich lag.

Die Uhr tat zwölf helle Schläge. Helenes Augen öffneten sich lauschend. Sie zählte. Leicht bewegten sich die schmalen Flügel einer vollendet schönen griechischen Nase; es spielte etwas um die Winkel der heute entfärbten, ideal geschnittenen Lippen; dann schlug sie die großen dunklen Augen weit auf zur Decke. Ihre Arme, sich entblößend, streckten sich, die eine Hand schob das Kissen unter dem Haupt ungeduldig zurecht, die andere strich das dunkle Haar von der Schläfe und beide Hände vereinigten sich dann auf dem Schoß der Daliegenden, während die klassisch geformte Brust sich unter einem langen Seufzer hob. Eine Welt lag zwischen diesen in tiefstem Ernst sinnenden, unter schwerer Gedankenwucht seufzenden und jenem so hold, fast kindlich lächelnden Weib, vor dessen Bild an diesem Morgen im Empfangssalon Anatole Montague stand.

So wie da draußen, mit denselben heiteren, strahlenden Zügen hatte man sie gestern Abend in der glänzenden Soiree gesehen und bewundert; so wie sie jetzt in ihrem Schlafgemach dalag, schön trotz dem düster unheimlichen Glanz, der in dem feuchten Auge blitzte, schön trotz dem unglücklichen Schatten, der dieses Auge heute umrahmte - so sollte niemand sie sehen, selbst Zoe nicht, obgleich sie der Diskretion dieses gewandten Mädchens trauen zu dürfen glaubte.

Die Uhr setzte ihr Ticktack fort, das Kaminfeuer knisterte und pufte - Helene lauschte regungslos; nur die Brust arbeitete taktmäßig und leise bewegten sich zuweilen die bleichen Lippen. Endlich hoben sich die beiden Arme wieder von dem Morgengewand; beide Hände pressten sich auf die Stirn; die dunklen Augen schlossen sich minutenlang.

»Warum setze ich diese wüsten Träume in wachendem Zustand fort?«, flüsterte sie vor sich hin. »Mir war es, als fühle ich mich wie gelähmt!« Sie blickte umher, schien überrascht durch ihr Daliegen. »Es überkam mich plötzlich wie ein ernstliches Unwohlsein; ein Schwindel befiel mich ... Gewiss, es ist die Folge dieser unruhigen Nächte! Man lässt mich nicht zu mir kommen; man macht Ansprüche an mich, die meine Kräfte übersteigen; man lässt mir nicht die notdürftigste Muße, mir selbst zu gehören! Es ist aufreibend, erschöpfend, dieses Leben, in das ich wie durch einen Wirbelwind hineingerissen worden ... Und doch fühle ich so gern ein Behagen darin; es reißt mich von mir selber los und nur die Ermüdung zwingt mich zeitweise zur Einkehr in mich ... auch wider meinen Willen, denn ich bin mir selbst eine unbequeme Genossin. Zoe hat Recht, wenn sie mir rät, meine Nerven zu kräftigen! Es ist nur Erschöpfung, die mir diese wüsten Gespenster einladet, wenn ich allein bin ... Und weshalb? ... Warum befällt mich eine unerklärliche Angst zuweilen so heiß, als tropfe mir siedendes Blei aufs Herz! ... Warum dieses plötzliche Bangen immer, wenn es still um mich her? Warum höre ich so oft ein Geräusch, als näherten sich mir kaum vernehmbare Schritte? Warum ist es mir im Traum zuweilen, als lege sich eine kalte eisige Hand auf die meinige, dass ich aufschreien muss? Sicher, ich habe nichts getan, was strafbar wäre, was ich selbst zu verantworten hätte! Ich bin nur feig, und diese innere Mahnung an Vergangenes ist krankhaft, nervöse Aufregung! Nichts weiter! Ich könnte so glücklich sein, gerade so glücklich, wie die Welt mich schätzt«

Helene richtete sich so hastig auf, dass die ganze dunkle Fülle der Locken sich über Brust und Nacken wälzte. Sie starrte in den Kamin, in welchem eben ein Rest der ›Brulots‹ wieder Feuer fing und, sie erschreckend, auflohte. Sie legte die Hand wieder an die Stirn ...

»Der Herzog!«, hauchte sie, von einem Gedanken getroffen, vor sich hin. »Träumte mir es oder ... Und doch, ich sehe mich, wie er mich fand! Ich hatte ermüdet ein stilles Plätzchen gesucht; ich saß versteckt in der Blumengalerie, in der schattigsten Nische. Niemand war aus den Sälen gefolgt. Ich glaubte mich vollkommen unbeobachtet. Und dennoch musste mich der junge Herzog gesehen haben, wie ich dem Gewühl der Tänzer mich entzog. Während das Orchester wieder zur Quadrille rief und ich, die Stirn in die Hand gelehnt, dasaß, öffnete sich der Fond der Nische mir gegenüber. Der junge Herzog trat ein. Ich wollte aufspringen. Er legte beschwörend den Finger an den Mund, und ehe ich mich erheben konnte, lag er zu meinen Füßen, hatte sich meiner Hand bemächtigt und bedeckte sie mit Küssen ...«

»Wenn Montague es gesehen hätte!«, fuhr sie, die Hände mutlos in dem Schoß haltend, fort. »Ich bin ihm freilich keine Verpflichtung schuldig, aber ich habe ihm gestattet, was der junge Herzog sich erkühnte, was ich nicht hindern konnte, ohne ihn und mich zu kompromittieren ... Aber ich hörte seine Schwüre an; ich war willenlos. Ich bin verloren, wenn der Herzog mein törichtes Benehmen für einen Erfolg hält und ihn auszubeuten sucht! Ich bin ja schon gestraft für meine Torheit. Der Zufall musste den alten Herzog durch die Galerie führen; sein Sohn sprang auf; er hatte Geistesgegenwart genug, dem Vater zu sagen, es sei mein

Wunsch gewesen, aus der Schwüle der Säle, die mich unwohl gemacht, hinausgeführt zu werden ... Wie viel wird der Herzog davon glauben? Er, der sonst die Galanterie selbst gegen mich ist, war den Rest der Nacht merkbar kühl ... Großer Gott, ich habe ja noch keinem von all den Kavalieren, die mich umlagern, auch nur den Schein irgendeines Rechtes auf mich gegeben, außer ... ja, Anatole allein dürfte sich rühmen, aber auch ihn habe ich auf halbem Wege festgebannt. Ich sah Anatole ja schon in Neapel gern; er war der Einzige dort, der mir seine Bewunderung mit Vertrauen erregendem Ernst zeigte; nur als ich ihn in Pompeji an der Seite jenes mir verhassten, zudringlichen Menschen sah, wurde ich auch gegen ihn eingenommen. Erst hier, als ich ihm im Haus des Marquis begegnete, hörte ich von ihm, dass dieser Lästige ihm nur eine flüchtige Reisebegegnung gewesen ... Die Marquise war darauf die unermüdliche Lobrednerin Anatoles; jedes andere Weib hätte ebenfalls Interesse für ihn fassen müssen ... Aber wohin soll das führen, frage ich mich täglich! Ich bin frei, ja, ich bin es; aber die Furcht lässt mich zu keiner wirklichen Freiheit kommen, die zu genießen mein armes Herz mich so stürmisch drängt! Es gibt kein Weib hier in diesem freudenreichen Paris, das so dürstet nach dem Quell, aus dem hier alles schöpft, und ich darbe, während mir alles den Becher reicht und mir zuruft: Trinke, trinke! Und jetzt, wo ich die Hand danach ausstrecke, zuckt sie erschreckt zurück - feig, müsste ich sagen, denn vergebens biete ich die Kraft zu einem Trotz auf, den ich nicht besitze, und vergebens sage ich mir: Verachte die Drohung, die Gefahr! Genieße!«

»Aber tät' ich es selbst! Könnte ich den Mut finden, Anatoles Leidenschaft erschreckt mich; was sie begehrt, geht über das Maß dessen hinaus, was ich gewähren könnte - vielleicht ja nur eine Spanne Zeit, während er das ganze Leben begehren würde. Ich könnte ihn zum unglücklichsten Menschen machen, wo er den Gipfel des Glücks träumt! Seine Liebe, nur allzu glühend, könnte mir ein neuer Fluch werden, und ich trage doch schon schwer genug! Der junge Herzog hingegen, den der Vater seiner Körperschwäche wegen vor jeder Leidenschaft zu hüten sucht wie vor dem Feuer ...«

Ein bitteres, fast höhnisches Lächeln breitete sich entstellend über die schönen Züge, während sie sich selbstbewusst und selbstbewundernd wieder auf das Sofa zurückgleiten ließ, den Kopf in ihre gefalteten Hände legte, ihre tadellosen Glieder ausstreckte, ihr Auge fast wollüstig auf denselben ruhen ließ und eine leichte Röte auf die Marmorfarbe ihres Gesichtes zurückkehrte.

»Gewiss hat er Recht, der alte Herzog, sein schwächliches Kind vor dem Feuer zu hüten!«, sprach sie spöttisch vor sich hin, ohne den Blick von sich selbst losreißen zu können. »Ich will den Schwärmer eben wie ein Kind behandeln, will ihm sagen, es sei nur ein übermütiger Scherz von mir gewesen! Ich kann nicht Herzogin von Vermont werden, auch nicht Helene von Montague heißen, aber Anatole liebe ich, und das Weib möchte ich sehen, das schöner wäre als das, welches er mit einem solchen Feuer liebt!«

Der Stolz auf sich selbst hatte ihre Gedanken ganz von dem düsteren Hintergrund gelöst und diese in die lachende Gegenwart zurückgeführt. Ein leichtes Pochen an der Tür störte sie. Zoe war es, welche den Besuch des Herrn von Montague meldete.

»Anatole!«, rief Helene, halb aufspringend, vor sich hin. »Es ist spät!« Ein Blick auf die Uhr überzeugte sie, dass Mittag vorüber. Sie überlegte, auf dem Sofa sitzend, das runde Knie in die Hand legend, einige Sekunden in sichtbarer Verlegenheit. »Er weiß nichts von dem Herzog, und doch sah ich ihn so zerstreut. Ich kann ihn jetzt nicht empfangen, ob ich auch möchte ... Ganz recht! ...«

Sie hatte eine Idee gefasst.

»Zoe, komm herein!«, rief sie zur Tür. »Gib mir ein Blatt Papier und ein Crayon! Dort liegt beides!«

Zoe gehorchte, nicht ohne einen bewundernden Blick auf die so leicht umhüllte Statue. Schweigend reichte sie ihr das Verlangte auf einem Tablett. Helene überlegte nochmals, ehe sie schrieb, anscheinend unschlüssig. Sie trug der Zofe dies und jenes auf, um sich inzwischen zu sammeln. Eine Viertelstunde war verstrichen, als Zoe dem jungen Mann das Billett überbrachte ...

»Ich will Toilette machen, Zoe! Ich erinnere mich, dass ich der Marquise versprach, um zwei Uhr mit ihr zur Alexandrine zu fahren!«

Zoe fand es sonderbar, dass ihre Herrin nicht fragte, welchen Eindruck das Billett gemacht. Sie wagte auch nicht, an das Frühstück zu erinnern, das die Gräfin ganz vergaß, und ging dienstfertig an ihre Geschäfte.

»Décidement«, dachte sie bei sich, »verliebt ist sie in ihn nicht! ... Der arme Montague, wie bleich und seltsam er aussah! Ich wette darauf, dass gestern zwischen den beiden etwas vorgefallen ist!«

Zoe verstand sich bereits aus Erfahrung auf dergleichen.

Sechstes Kapitel

Am Abend sah Anatole die Gräfin Sostaniew in ihrer Loge, umgeben von der Marquise und einigen ihm bekannten Damen der Gesellschaft. Eine Bewegung mit dem Fächer verkündete ihm, dass sie ihn bemerke. Wie unbefangen dieselbe auch war um der vielen Gläser willen, die stets auf sie gerichtet waren, Anatole verstand sie und trat im Zwischenakt in ihre Loge.

Helene klagte über die Hitze und wünschte, in das Foyer geführt zu werden. Anatole sah, dass sie bleicher war als sonst; ihr Unwohlsein am Vormittag war also kein vorgeschütztes gewesen, wie er argwöhnte, da man sie am Nachmittag über die Boulevards hatte fahren sehen.

»Anatole, ich fühlte mich heute Morgen sehr krank!«, flüsterte sie auf dem Weg zum Foyer, ihre Lippen hinter dem Fächer bergend. »Sie zürnen mir nicht?«

Ein forschender Blick in das Antlitz des jungen Mannes begleitete die Worte. Sie fand Anatole sehr zerstreut. Das beunruhigte sie.

»Ich war weniger glücklich, als der Herzog von Vermont!« Anatole sprach das mit merkbarer Kälte und leichtem Beben der Stimme halb vor sich hin.

Helene schlug den Fächer zusammen, um das Zucken ihrer Hand zu verbergen.

»Ich verstehe Sie nicht!«, antwortete sie ebenso kalt.

»Sie hatten mir vergönnt, Sie heute Morgen sehen zu dürfen; ich kam, um von Ihnen zu erfahren, ob es wahr, dass man erst den jungen Herzog, dann Sie aus der Blumengalerie des Vermontschen Hotels kommen gesehen.«

»Ja!« Helene antwortete offen, mit Nachdruck. »Ich hatte Sie vergebens gesucht, da mich ein Unwohlsein befiel. Ich bat deshalb den jungen Herzog, der mir am nächsten stand, mir seinen Arm zu leihen und mich in die Kühle jener Galerie zu führen, wohin, wie er mir sagte, sich auch sein Vater eben zurückgezogen.«

Helene sagte die Unwahrheit. Und mit einer Unbefangenheit, die auf Übung deutete.

»Brechen wir ab, ich beschwöre Sie!«, setzte sie hinzu, da sie eben das Foyer betraten. »Ich verlasse die Oper nach dem zweiten Akt; die Marquise weiß, dass ich nur mein Versprechen halten wollte, heute hier zu sein; es geschah aber, um Sie zu sehen ... Ich erwarte Sie!«

Damit trat sie in das Foyer, in welchem die Gruppen sich zurückzogen, um der schönen Frau Raum zu geben. Anatoles Stimmung war wie umgewandelt. Ein leuchtender Blick dankte ihr. Triumphierend schritt er an der Seite Helenes, die ihn offenbar nur hierher geführt, um ihm zu sagen, dass sie ihn erwarte.

Das plötzliche Herantreten des jungen Herzogs frappierte ihn vorübergehend; mit etwas spöttischem Lächeln begegnete er der schmächtigen Gestalt, auf deren weißem, bartlosem Gesicht bei Helenes Anblick eine dunkle Röte auflöderte. In dem Marmor von Helenes Antlitz ging nicht die geringste Veränderung vor. Der Herzog stutzte, als er, auch Anatole flüchtig grüßend, bei diesem kaum einen Dank dafür fand.

Helene sprach den Wunsch aus, in die Loge zurückgeführt zu werden. Beide jungen Männer begleiteten sie. Das Gedränge im Korridor machte zum Glück eine Unterhaltung unmöglich. Als sich die Tür hinter Helene geschlossen, machte der Herzog Anatole eine knapp abgemessene Verbeugung und wandte ihm den Rücken.

Anatole war so selig zerstreut, dass er das fast verletzende Benehmen des jungen Mannes nicht bemerkte. Er taumelte in das Foyer zurück, das sich inzwischen schon geleert hatte, warf sich in einen Fauteuil und dachte an das Glück, das ihm verheißen. Er betrat seine Loge nicht wieder, um nicht gleichzeitig mit Helene das Theater zu verlassen. Durch die Passage schlendernd, ohne irgendetwas um sich her zu erkennen, fand er sich auf dem Boulevard.

Boshafte Verleumdung war es also, was man ihm gestern Nacht ins Ohr gezischt. Auch er hatte zufällig den alten Herzog um jene Zeit aus der Galerie in die Salons zurücktreten gesehen, ohne eine Ahnung zu haben, dass Helene sich aus der Hitze in jene Galerie geflüchtet. Der junge Herzog umschwärmte allerdings Helene in einer allen auffallenden Weise, aber sie hatte ihm ja soeben gesagt, sie betrachte ihn wie einen noch unreifen Knaben. Und dennoch wusste Anatole, dass dieser junge Mann sich bereits in der Liebe die Sporen verdient und sein Vater ihn erst kürzlich aus einer heiklen Affäre herausgerissen hatte.

Anatole schritt zerstreut den Boulevard entlang. Er sah und erkannte niemand. Einige Freunde, junge Boulevardiers, riefen ihn an; er hörte nicht. Und dennoch glaubte er, an den hell erleuchteten Kaffeehäusern vorüberstreifend, an einem der Fenster ein bekanntes Gesicht zu entdecken, das ihn seltsam überraschte. Trotz seiner Zerstreuung hafteten seine Gedanken an diesem Gesicht, als er schon vorüber war.

»Rostoff!«, rief er plötzlich in heller Erinnerung. »Er hier in Paris!«

Dabei war es ihm, als müsse diese Erinnerung ihm eine fast unangenehme sein. Rostoff war ein Mann, mit dem man auf der Reise vorübergehend verkehren konnte, der aber persönlich wenig Liebenswürdiges hatte.

Anatole vergaß die Begegnung.

Eine Stunde später empfing Helene selbst den Glücklichen in ihrem Vorsalon. Zoe war unsichtbar. Schweigend führte sie ihn durch die matt beleuchteten Gemächer in ihr Boudoir, ein reizendes Plätzchen, durch eine kostbare marokkanische Ampel erhellt, die ihre Zauberstrahlen über die weichen Taburetts, Fauteuils und Diwans ergoss, in den Falten der seidenen Draperien und auf den koketten Nippsachen und Statuettchen spielend, die aus allen Ecken neugierig herauslugten.

Erst hier wurde es Anatole vergönnt, Helenes Hand mit überschwänglichem Dank zu ergreifen und an seine Lippen zu pressen. Ein weicher Druck derselben deutete ihm, wie willkommen er sei. Hier auch gewahrte er erst mit entzücktem Auge, dass Helene bereits Zeit gefunden, ihre Gesellschaftstoilette mit einer leichten, hell silbergrau schillernden Hausrobe zu tauschen, die sich weich an ihre Gestalt schmiegte; dass sie die Blumen aus dem üppigen Haar entfernt, dessen dunkelbraune Farbe den Lichtstrahlen helle Blitze wiedergab, während es mit koketter Nachlässigkeit in dicken Wellen im Nacken aufgeheftet war.

Anatole behielt überglücklich die zarte Hand in der seinigen und schaute Helene wonnetrunken ins Auge. Sie ließ es geschehen; sie lächelte. Ermutigt wagte er es, den Arm um ihren Leib zu legen. Sie wehrte ihm nicht.

»Helene, wie danke ich Ihnen für eine Huld, nach der mein armes Herz so lange vergeblich sich gesehnt! Darf ich ...«

»Du darfst alles, Anatole!«, unterbrach sie, ihm den Mund zum Kuss bietend und sich dennoch kokett wieder abwendend. »Es ist dies der erste Abend, wo ich dich ohne Gefahr empfangen konnte. Zoes Mutter liegt im Sterben; ich erlaubte ihr, die Nacht bei derselben zu verbringen. Du siehst, ich bin schutzlos, Anatole! Schone und schirme mich als Kavalier! ... Nicht so!«, setzte sie hocherrötend hinzu, als er, kühn gemacht, sie an sich pressen wollte. »Vergiss nicht, was ich dir eben sagte. Komm, plaudern wir zusammen! Du darfst bis Mitternacht bleiben, denn der Abend ist günstig: Der alte Baron über mir sieht heute Gesellschaft bei sich; der Concierge wird also glauben, du seiest bei ihm gewesen ... Komm, lass uns plaudern!«

Damit zog sie ihn fort in ihre Schmollecke, ein trauliches Plätzchen, zu welchem das Licht der Ampel nur gedämpft hindrang. Freudig lächelnd, mit einem gewissen Übermut, lehnte sie sich auf das weiche, seidene Ruhebett zurück, während Anatole sich vor ihr auf das Taburett setzte, ihre Hand in die seinige nahm und sein trunkenes Auge über die wundervollen Konturen ihrer Glieder bis hinab zu dem auf dem Schemel ruhenden graziösen Füßchen hinglitt.

Helene Sostaniew war heute dem Rat ihres noch so heißen, jungen Herzens gefolgt. Gewaltsam, durch einen schnellen Entschluss, den sie ebenso schnell zur Ausführung brachte, hatte sie die Gespenster aus ihrer Seele verjagt; nur im Genuss, in einem Taumel, der sie fortreißen sollte, glaubte sie Macht über diese Geister finden zu können. Unbefriedigt ließ sie ja die allgemeine Bewunderung, ermüdend war ihr das ruhelose Gesellschaftsleben; sie betrachtete sich wie ein Schaustück für andere, wie eine Sklavin der Welt, auf deren Wink sie erscheinen müsse, sie selber aber, ihr bedürftiges Herz, sollte entsagen, während sie Anatole liebte und in dem Herzog einen jungen Mann sah, der ihr seine Verehrung in so origineller Form darbrachte, dass sie Zerstreuung, ein Genüge für ihre Eitelkeit darin fand.

So viele abhängige und unabhängige Damen begegneten ihr in dieser bunten Gesellschaft, die sich aus einem zeitweisen Echauffement ihres Herzens kein Gewissen machten, von deren kleinen erotischen Zerstreuungen sie fortwährend hören musste, und sie sollte verblühen im Kampf mit der düsteren Stimmung, die so oft in ihrer Einsamkeit Gewalt über sie bekam! Was alles suchte man ihr schon anzudichten und was kam es also darauf an, wenn wirklich ein Fünkchen Wahrheit in all der Blague war, die man auf Kosten einer schönen, jungen Witwe verbreitet!

»Anatole soll mir willkommen sein!« Mit dem Entschluss fuhr sie heute, ihrem Versprechen gemäß, in die Oper, und ihre Gesellschaft beobachtete in der Loge eine krankhafte Aufregung an ihr, die Helenes frühes Entfernen rechtfertigte. Als sie die Loge verlassen, wandte sich die Marquise an ihre Freundinnen: »Die Ärmste! Sie ist wirklich heute sehr angegriffen«, sagte sie mit gleißnerischem Mitleid.

Was sie an diesem Abend erlebte, war die Erfüllung ihrer lichten Träume, welche die düsteren verjagen sollte. Mit ganzer Leidenschaftlichkeit überließ sie sich Anatoles Liebkosungen; glücklich lächelnd hörte sie seine Schwüre, um sie mit stumm verlangenden Lippen zu erwidern, bis die

Mitternacht kam und sie allmählich aus ihrer Ekstase erwachte.

Tausenderlei hatten sie verabredet, was in Anatole unvergesslich und unverbrüchlich, in ihrem Gehirn jedoch schnell verschwand, wie der Hauch vom Spiegel. Sie war sich nur bewusst, dass sie Anatole liebe, und was plaudert die Liebe nicht alles! Er bereitete sich zum Abschied, den Kopf noch voll von all den im höchsten Liebesrausch geschmiedeten Plänen, denen Helene lächelnd oder still vor sich niederblickend zugehört hatte.

Als Anatoles Gedanken sich der Außenwelt wieder zukehrten, rief ihm ein Aquarell der Villa Reale in Helenes Vorsalon die flüchtige Begegnung von heute Abend ins Gedächtnis.

»Apropos,« sagte er, während Helene ihn zur Tür geleitete, »ich sah heute Abend diesen Rostoff am Boulevard im Kaffeehaus sitzen. Du erinnerst dich ...«

Anatole bemerkte in dem Halbdunkel des Gemaches nicht, dass der Nachglanz der leidenschaftlichen Röte, welcher ihre Wangen noch färbte, einen plötzlichen Wechsel erlitt.

»Ich ... erinnere mich!«, antwortete sie mit kurzem Atem ... »Du hast ihn gesprochen?«, setzte sie hastig hinzu.

»Im Gegenteil, er war mir kein so sympathischer Mensch! Ich denke, ihm sogar aus dem Wege zu gehen.«

Helene reichte ihm schweigend die Hand. Er presste sie an die Lippen, schlang noch einmal an der Tür den Arm um ihren Nacken, um sie zu küssen, und verschwand dann im Dunkel des Korridors.

Langsam, mit zu Boden gesenktem Blick, durchschritt Helene den Salon, die übrigen Gemächer und stand, immer noch mit bedecktem Auge, sinnend, grübelnd in ihrem Boudoir. Endlich bewegten sich ihre Lippen, ihre herabhängenden Arme zuckten.

»Dieser verhasste Mensch hier ... in Paris!«, flüsterte sie vor sich hin. »Ist es doch, als folge er mir wie ein Schatten, der er wirklich nur noch ist; dieser Elende, der die Frechheit hatte, mir zu sagen, er wisse, dass seine Jahre, vielleicht seine Tage gezählt seien, er suche deshalb sein Grab in den Armen eines schönen Weibes! ... Er wird sich wieder an Anatole drängen; er wird aus Rache mich zu verleumden suchen, dieser Unverschämte, der mir als Drohung Worte zu sagen wagte ...«

Helene bedeckte die Augen mit beiden Händen und sank in den Fauteuil zurück.

»Gibt es keinen Schutz für ein armes Weib, das ruhelos umherirrt und selbst hier, wo es teilnehmende Freunde fand, wieder von seinen Feinden gehetzt werden soll!«, jammerte es aus der Tiefe ihrer Brust herauf und heiße Tränen perlten durch ihre Finger. »Aber ich wusste es ja,« fuhr sie fort, die Hand an die Stirn pressend, während ein finsterer, unversöhnlicher Blick aus ihrem dunklen Auge schoss, »ich wusste, dass es mir nicht vergönnt sein werde, ungestraft einen einzigen Moment reinen und wahren Glücks zu erleben. Es verfolgt mich von neuem; ich fühle, wie es mir den Boden unter den Füßen weg gräbt; ich höre die leisen Schritte wieder, ich fühle ...«

Schaudernd fuhr sie, beide Hände vorstreckend und das herabgeneigte Antlitz unter dem dichten, über die Stirn sinkenden dunklen Haar bergend, in den Sessel zurück, und sekundenlang blieb sie regungslos in dieser Stellung.

»Es ist vorüber!«, hauchte sie endlich, sich langsam, vorsichtig aufrichtend, die Wellen des Haares auf der Stirn teilend und leichenblass, furchtsam ins Zimmer starrend. »Aber mir graut! Ich bin ganz allein! Ich werde die ganze Nacht allein verbringen müssen! Warum ging er? Ich hätte ihn zurückhalten sollen, nur zu meinem Schutz! Ich wage nicht, mich zu erheben; ich fürchte mich vor dem Geräusch meiner eigenen Schritte ...«

Abermals schrak sie zusammen. Sie hörte ein Geräusch draußen in ihrer Wohnung. Es musste aus dem Korridor kommen. Sie sprang auf, stürzte zum Fenster und öffnete dies, um nach Hilfe zu rufen. Die Hand an dem Fensterschloss starrte sie ins Zimmer zurück. Draußen von dem Balkon konnte sie in die Straße hinabschreien.

Jetzt vernahm sie das Geräusch noch deutlicher. Sie hörte ganz hell eine Tür öffnen und schließen. Eisig durchzitterte es ihre Glieder. Sie stützte sich auf den Fensterriegel, klammerte sich an den Damastvorhang, um nicht zusammenzusinken.

»Wer ist da?«, brachte sie endlich heraus, vor ihrer eigenen Stimme erschreckend.

»Ich bin es ... Zoe!«, antwortete eine feine Stimme. »Ich glaubte die Komtesse schon zur Ruhe gegangen.«

»Zoe!«, flüsterte Helene, sich aufrichtend. »Gott sei Dank! Ich war kindisch in meiner Furcht! ... Welch ein Glück, dass sie Anatole nicht mehr begegnen konnte!«

Ihre letzten Kräfte zusammennehmend, schleppte sie sich mit schlotternden Knien zum Diwan und ließ sich auf denselben sinken.

»Komm herein!«, rief sie, dennoch mit Misstrauen die Tür beobachtend, bis die Kammerjungfer, noch in Hut und

Mantel, eintrat ... »Ich darf dich nicht mehr fortlassen, Zoe! Ich bin ein furchtsames Geschöpf, war nie gewohnt, allein zu sein. Du weißt es! Man hat mich als Kind mit so vielen unheimlichen Ammenmärchen genährt ... Du siehst, in welchem Zustande du mich findest! Um keine Welt wäre ich imstande gewesen, zu Bett zu gehen!«

Zoe stand erstaunt da und blickte das verstörte Antlitz ihrer Herrin an.

»Meine Mutter ist wieder zu sich gekommen«, stammelte sie, nicht ohne Verlegenheit, »und da ich weiß, dass die Komtesse furchtsam ist, eilte ich noch in der Nacht zurück ...«

»Ich danke dir, Zoe! Zünde die Lichter im Schlafzimmer an! Ich bin so ermattet ... Dein Kommen hat mich so erschreckt; ich fürchtete, von Dieben überfallen zu werden, als ich dein Geräusch hörte ... Du darfst mich nicht wieder so allein lassen!«

Helene warf sich mit einem Seufzer zurück und starrte zur Decke. Zoe tat wie ihr geheißen. Ironisch lächelte sie, durch den Hut geschützt, vor sich hin und warf aus dem Dunkel ungesehen noch einen Blick auf ihre Herrin zurück, als wolle sie in dem bleichen Antlitz derselben forschen.

An der Krankheit ihrer Mutter war nämlich kein wahres Wort. Auf den Wunsch der Frau von Chambras, die nicht mehr wusste, woran sie mit ihrer jungen Freundin war, sollte Zoe gerade am Abend nach jener Soiree einen dringlichen Urlaub unter irgendwelchem Vorwand fordern und dann auf dem Posten bleiben, um die Wohnung Helenes zu beobachten. Entweder Montague oder der Herzog musste der Glückliche bei ihr sein. Sie wollte klar sehen.

Ahnungslos ging Helene in die Falle. Als sie Anatole in der Loge bat, sie in das Foyer zu begleiten, erriet die neben ihr sitzende Marquise den Zweck. Zoe hatte erst, nachdem sie die Theatertoilette ihrer Herrin beendet, die traurige Familiennachricht erhalten, Helene hatte also keine Zeit gehabt, vorher über diesen unbewachten Abend zu verfügen. Montague war der Glückliche, kein Zweifel! Montague betrat seine Loge nicht wieder, und es hatte auch seinen Grund.

Als Frau von Chambras von der Oper nach Hause zurückkehrte, erfuhr sie bereits, dass Anatole in Helenes Haus getreten. Als er dasselbe verlassen, verblieb Zoe noch einige Minuten auf ihrem Posten und kehrte dann sehr unbefangen zu ihrer Herrin zurück, einen Diensteifer zeigend, der ihr hoch angerechnet werden musste.

Seltsam aber! Anstatt die Komtesse glücklich, wenigstens ruhig zu finden, verriet das Antlitz derselben eine innere Störung, so gewaltsam, dass sie nicht nur aus blasser Furcht vor Dieben entstanden sein konnte. Zoe hatte im Dienst bei anderen Damen von Welt schon Routine genug gesammelt, um klar zu sehen in solchen Dingen.

Auch das erfuhr Frau von Chambras. Ohne Zweifel war es zwischen der Sostaniew und Montague zu Auseinandersetzungen in betreff des Herzogs gekommen.

Lange währte es, ehe Helene in dieser Nacht die Ruhe finden konnte. Während Zoe schon im tiefsten Schlummer lag, wälzte sich die Gräfin auf ihrem Lager, gefoltert von Vorstellungen, die niederzukämpfen die unheimliche Stille der Nacht ihr unmöglich machte.

Siebentes Kapitel

Ein vorübergehendes Unwohlsein, die Folge gesellschaftlicher Anstrengungen, hinderte die Gräfin Sostaniew mehrere Tage hindurch, sich ihren Bekannten zu zeigen. Die Marquise dachte bei sich: kein Wunder! Im Übrigen wurde das weniger bemerkt, weil die Salons sich geschlossen hatten, man sich zur Frühlingssaison bereitete und das Wetter zur höchsten Eile aufforderte.

Am fünften Tag nach jenem Abend begegneten sich Anatole Montague und der junge Herzog von Vermont im Flur des von Helene bewohnten Hauses. Beider Blicke kreuzten sich wie ein paar Degenklingen. Anatoles Antlitz zeigte dem jugendlichen Roué eine Verachtung, deren Folge nicht die Nacht erwartete.

Am nächsten Morgen reiste Anatole, von zwei Freunden begleitet, nach der belgischen Grenze ab, und wiederum zwei Tage darauf hatten die Boulevard-Journale eine cause célèbre zu erzählen:

Zwei der glänzendsten Kavaliere hatten auf belgischem Boden eine Differenz ausgeglichen, in die sie um eine der schönsten Frauen der Pariser Gesellschaft geraten. Alle übrigen Kavaliere von Paris beneideten diese beiden um die Ehre, für die junge russische Witwe, die seit einigen Monaten die allgemeine Bewunderung erregte, ihre Degen kreuzen zu dürfen. Anatole von M. habe einen leichten Stich in das Handgelenk davongetragen, dem jungen Herzog von V., der zum ersten Mal die Mensur betreten, sei der ganze Oberarm aufgeschlitzt worden.

Über die näheren Umstände hieß es, der heißblütige junge Herzog habe, als die Zeugen die Sache für erledigt erklärt, die Fortsetzung des Kampfes begehrt; sein Gegner habe sich schweigend und lächelnd verbeugt und dadurch seine Bereitwilligkeit angedeutet, der Arzt aber habe das für unmöglich erklärt. Der junge Herzog, hieß es, der schon kürzlich durch ein galantes Abenteuer von sich reden gemacht, berechtige in der Tat zu den schönsten Hoffnungen.

Herr von Rostoff, dem das Eintreten der milderen Jahreszeit gestattet hatte, Italien zu verlassen, saß an dem Abend nach seiner Gewohnheit im Boulevard-Café und las den Artikel im Journal du Soir.

»Ei, ei!«, rief er überrascht. »Sind wir so weit schon! Dass die Sostaniew in Paris sei, las ich längst in der Chronik der französischen Journale, die von ihrer Schönheit und ihrem Reichtum schwärmten. Dass Montague sie also gefunden, war mir selbstverständlich; dass er aber von ihr berechtigt ist, einem anderen um ihretwillen den Arm aufzuschlitzen, ist mir neu ... Ich hatte ihm schon längst einen Besuch zugedacht; jetzt gebietet es der Anstand, ihm meine Teilnahme zu zeigen. Die belgische Grenze ist nicht weit von hier, er wird also schon zurück sein ... Was dieses junge Weib überall, wo es sich sehen lässt, doch für Unglück anrichtet!«

Rostoff las weiter. In dem ›Paris le Jour‹ fand er eine Notiz, die ihn beide Augen weit aufreißen ließ, die er wieder und wieder durchlas.

»Hölle, tue dich auf!«, rief er, indem er das Blatt in den Schoß sinken ließ. »Da sind wir ja alle beisammen!«

Wieder las er: »Das Auftreten eines reichen, jungen Griechen, der im Grand Hôtel abgestiegen, macht seit einigen

Tagen große Sensation. Herr Gregor Cantopulos hat die glänzendsten Salons des Hotels bezogen, er führt die kostbarsten arabischen Pferde mit sich und eine Dienerschaft, aus der namentlich einer in reichem Arnautenkostüm mit schneeweißer Fustane, einem hohen roten Fez und weißem Schaffell über der goldgestickten griechischen Jacke hervorsticht. Die Persönlichkeit dieses jungen Mannes und sein fürstlicher Train versprechen eine interessante Staffage für die beginnenden Frühlingsfahrten im Bois zu werden ...«

»So steht da gedruckt! Buchstäblich so!«, rief Rostoff, eine neue Zigarette anzündend und seinen Mazagran hastig leerend. »Gregor Cantopulos! Mit Dienern, Kawassen, arabischen Pferden! Er hat die glänzendsten Salons im Grand Hôtel bezogen, während unsereins bescheiden im Hôtel de Bade wohnt, und muss also wohl irgendeinen Nabob beerbt haben, oder es muss ein anderer sein, der zufällig denselben Namen führt, was mir nicht wahrscheinlich ist ... Gregor Cantopulos! Wenn er Sensation erregt, werde auch ich ihn ja bewundern können! Paris wird mir noch einmal so interessant, als ich je erwartet hätte!«

Rostoff erhob sich und schlenderte in der frohen Überzeugung, dass er sich vorzüglich unterhalten werde, den Boulevard hinab.

Um dieselbe späte Nachmittagsstunde meldete Zoe ihrer Herrin den Herrn von Montague. Weder sie noch die Letztere wussten bis jetzt von dem Duell. Anatole hatte Helene in einem Billett angezeigt, dass ihn dringende Geschäfte für zwei Tage von Paris abriefen, und da Zoe die Instruktion erhalten hatte, den Herrn von Montague stets zu melden, wenn er komme, so annoncierte sie mit einer Miene, als stehe draußen der gleichgültigste Besuch.

Helene empfing ihn in einfachster, dunkler Toilette, aber mit klarerem, ruhigerem Antlitz, als wir sie in jener Nacht gesehen. Mit liebenswürdigem Lächeln trat sie ihm entgegen und reichte ihm die Hand zum Kuss.

Sie erschrak, als sie die Rechte Anatoles in einer leichten Binde sah.

»Ein kleiner Unfall, der mich auf der Reise traf«, antwortete Anatole gleichgültig. »Sind wir allein, Helene?«, setzte er leise hinzu.

Helene schüttelte verneinend den Kopf, rief ihre Zofe und gab ihr einen Auftrag, der sie in den hinteren Teil der Wohnung entfernte.

»Ich war recht besorgt um dich, Anatole«, sagte sie, seine Linke ergreifend und ihn zum Fauteuil führend. »Ich weiß selbst nicht warum, es war mir, seit ich dich nicht sah, so beklommen ums Herz! Hast du meiner unterwegs gedacht?«

»Parbleu!« Anatole musste unwillkürlich lächeln, verbesserte dies aber. Er beugte sich wieder über ihre Hand, hob dann den Blick zu ihr und schaute sie so leidenschaftlich, so heiß, verzehrend an, dass Helene das Auge niederschlug und unbewusst die Hand auf das Herz legte. »Es ist mir lästig«, sprach er halblaut, »diesem Mädchen gegenüber hier bei dir eine Maske tragen zu müssen. Welche Gründe hätten wir, der Welt zu verhehlen, dass wir uns lieben?«

Helene blickte ihn mit Innigkeit an, suchte dabei aber eine aufsteigende Regung zu unterdrücken.

»Nur Geduld, Anatole!«, flüsterte sie. »Du begreifst, dass ich die Gesellschaft erst vorbereiten möchte! Die Neuigkeit wird ihr eine sehr überraschende sein.«

»Ich glaube kaum!« Anatole lächelte. Er wusste, dass sein Abenteuer in Belgien den Zeitungen nicht geheim bleiben, dass der junge Herzog schon um der Pose willen es affichieren werde, um hier das übliche Wort zu gebrauchen. Er war sogar schon gefasst, die Sache noch heute Abend in den Blättern zu lesen, denn unfehlbar waren schon in dem Zug, in welchem er und der Herzog abreisten, einige Pariser Reporter gewesen.

»So lass mir nur wenige Tage Zeit, Anatole!«, bat sie mit Herzlichkeit in Blick und Ton. »Du weißt es, ich liebe dich; aber du begreifst, dass eine Frau in meiner Stellung ...«

Anatoles Augen verschlangen das schöne Weib, während es sprach; seine Leidenschaft erhitzte sich in ihrem Anblick; er war eben im Begriff, alle von ihr begehrten Rücksichten über den Haufen zu werfen, als Zoe sich mit dem gewohnten Hüsteln ankündigte und eintrat.

»Frau von Chambras bittet ...«, meldete sie mit einem spitzfindigen Blick auf Anatole und dessen Haltung, da dieser unbemerkt und leise, aber unwillig mit dem Fuß auf den weichen Teppich stampfte.

Helene bemerkte es; mit einem beschwörenden Blick streifte sie das unwillige Antlitz des jungen Mannes. »Ich hatte sie erwartet!«, setzte sie zu Zoe gewandt hinzu und bat von neuem in stummer Weise den jungen Mann um Zurückhaltung.

Anatole fühlte sich unbefriedigt durch Helenes Empfang. Wie warm derselbe gewesen, er glaubte, mehr verlangen zu dürfen. Eben rauschte indes Frau von Chambras herein in einer kaffeebraunen, reich garnierten Robe, das Antlitz bis zur vollendetsten Jugendfrische geschminkt, die Blüten des Frühlings beschämend, die diesem in dem noch oft rauen Wetter nur mühselig gelangen.

Unbeschreiblich war der Blick, mit welchem sie beim Eintreten Helene und Anatole betrachtete. Es lag Triumph darin und zugleich ein Vorwurf, dass sie, die Führerin Helenes, nicht des verdienten Vertrauens gewürdigt sei.

»Ich komme, meine Gratulationen zu bringen!«, rief sie mit affektierter Emphase. Sie wandte sich zu Helene, streckte ihre Arme aus, legte dieselben um ihre Taille und blickte ihr süßlich, zärtlich ins Antlitz. »Ja, ich gratuliere, meine teure Helene, von ganzem Herzen! O, ich ahnte es ja lange; aber ich sollte böse sein, dass man meiner Voraussicht so wenig mit Vertrauen gedankt ... Und Sie, Herr von Montague, nehmen auch Sie meine Glückwünsche in doppelter Hinsicht! ... Dieser kleine Herzog! Wir wussten wohl, dass er in den Logen gewisser Künstlerinnen schon mit Erfolg debütiert, aber dass ihm der Mut schon so geschwollen, mit Ihnen, einem Kavalier, den mein Gatte für die sicherste Klinge erklärte, sich in einen Zweikampf einzulassen, das erstaunte uns alle! ... Und sieh nur, wirklich ist es dem Kleinen gelungen, Ihre Hand zu verletzen«, fügte sie mit schadenfrohem Lächeln hinzu. »Sieh nur! Sieh nur! So schreiben die Zeitungen doch die Wahrheit! Wer hätte es ihm zugetraut!«

»Mein Fuß, Marquise, strauchelte an einer kleinen Wurzel am Boden, das machte meine Parade unsicher! Im Übrigen schonte ich ihn!«

Montague gab diese Erklärung nur mit Widerwillen, gereizt durch die Schadenfreude der Dame, ohne

Selbstüberhebung. Er sah gleichzeitig, wie Helene die Farbe wechselte.

»Montague! Ein Duell! Und um ... meinetwillen! ... Sie sind verwundet ... und durch den ...«, stammelte Helene erschreckt, brachte aber den Namen nicht heraus.

Was Anatole nicht sah, bemerkte die Marquise. Als Helene schnell das Taschentuch an die Stirn führte, um scheinbar ihr Erbleichen zu verstecken, geschah es nur, um einen neuen, jähen Farbenwechsel zu verheimlichen, den ihr der unausgesprochene Name des Herzogs verursachte.

»Und das wussten Sie nicht, kleine Unschuld?«, rief die Marquise. »Ganz Paris hat es schon vor einigen Stunden gelesen; ganz Paris spricht nur von Montague, von Vermont, natürlich auch von Ihnen, schöne Helene, die Sie die Heldin des Konflikts sind! Aber der kleine Herzog wird auch in der öffentlichen Meinung den kürzeren ziehen, da er auch bei Ihnen geschlagen ist, und deshalb wird es unumgänglich sein, Ihre Verlobung mit unserem Montague sofort zu proklamieren. Ich freue mich schon auf den Moment, wo im Bois alles die Hälse strecken und rufen wird: ›Ah, da kommen sie – Montague und die reizende Sostaniew! Welch schönes Paar!‹ ... Aber was ist Ihnen, Helene?«, wandte sie sich plötzlich erschreckt.

Helene war in den Sessel gesunken; sie hielt die Stirn in dem feinen Spitzentuch; ihre Brust bewegte sich heftig.

»O, nichts, nichts!«, rief sie abwehrend, das Antlitz halb erhebend, und Anatole sah bei dieser Gelegenheit in ein verstörtes, todbleiches Antlitz. »Nur der Gedanke, dass Montague ohne mein Wissen ..., dass er verletzt ..., dass die Zeitungen ... Großer Gott, dass dies geschehen musste!«

»Aber Kind! Er ist ja mit einer Schramme davongekommen!«, rief Frau von Chambras, die sich in ihrer Toilette nicht hinabbeugen konnte und den Arm auf Helenes Schulter legte. »Der kleine Herzog ist ja viel schlimmer daran! Der ganze Arm soll ihm geöffnet sein, wie die Zeitungen schreiben.«

»Es ist mir entsetzlich! ... Blut, und um meinetwillen!«, hauchte Helene kaum hörbar. »Und der Lärm! ...«

»Aber mit welchem Rechte konnte nur der Herzog ...«

Frau von Chambras war ja nicht allein der Gratulation wegen auf der Stelle hierher geeilt, sondern um die näheren Details zu hören, da Zoe sie ganz mit Nachrichten im Stich gelassen.

»O, ich weiß es ja nicht!« Helene brach in Tränen aus. »Ich trage keine Schuld daran, dass ich auf diese Weise zum Tagesgespräch geworden. Der Herzog war allerdings vor einigen Tagen hier, vielleicht kühn gemacht dadurch, dass ich auf der Soiree seines Vaters seinen Arm als den nächsten erbat, um, einer Ohnmacht nahe, der Hitze zu entfliehen. Ich empfing ihn nicht, als er kam, gewiss nicht!«

»Diese Anmaßung! Von Ihnen abgewiesen, wagt er es dennoch, sich zu Ihrem Ritter aufzuwerfen! Er will sich lancieren! Er bietet alles auf, um sich eine Pose zu machen. Wie gut, dass ich kam, um alles zu erfahren! Noch heute Abend soll mein Gemahl die Sache im Klub erzählen! ... Inzwischen trösten Sie sich, schöne Freundin! Im Grund muss dieser Vorfall Sie ja nur noch viel interessanter machen, und welch ein Eklat, welch eine Demütigung für den Herzog, wenn die Verlobung dem Duell auf dem Fuße folgt! ... Aber jetzt leben Sie wohl, schöne Gräfin! Ich wage es nicht, Ihr tête-à-tête länger zu stören; Sie werden sich viel mit Montague zu erzählen haben, und ich bin hier lästig! ... Adieu, auf Wiedersehen!«

Frau von Chambras drückte einen Kuss auf die kalte, bleiche Stirn Helenes, warf Anatole, der ratlos auf eine Etagere gelehnt dastand, einen flüchtigen Gruß zu und rauschte hinaus, um noch vor dem Diner das Sachverhältnis einigen Freundinnen zu erzählen und diese auf die Verlobung vorzubereiten.

Tiefe Stille herrschte einige Sekunden lang im Zimmer. Montague, tief verstimmt, näherte sich ihr, beugte sich zu ihr hinab und legte zärtlich den Arm um ihren Nacken.

»Helene, fasse dich!«, sprach er mit Innigkeit. »Was ich tat, war meine Pflicht! Ich musste einen Unverschämten züchtigen, der, als ich ihm an deiner Schwelle begegnete, die Miene einer Berechtigung zeigt, wo nur ich diese zu besitzen glaubte. Die Sache ist etwas sehr Alltägliches bei uns hier! Folge dem Rat der Marquise; lass alle Welt wissen, dass wir uns lieben und uns für immer gehören wollen! Du weißt, die Existenz, die ich dir bereiten kann, ist eine beneidenswerte vor der Welt und sie soll eine auch dein Herz befriedigende sein, wenn du mich liebst!«

Schweigend, zu Boden starrend, hörte Helene ihm zu. Ein schwerer Vorwurf drückte sie, ein Vorwurf, von dem Anatole keine Ahnung hatte. Zoe wusste, dass sie den Herzog dennoch empfangen, wenn sie ihn auch unter einem Vorwand bald wieder entlassen!

Helene besaß einen Fehler, den wir oft bei weiblichen Charakteren finden, wenn ihre Erziehung nur auf die Außenseite bedacht gewesen. Sie tat aus Laune, aus Langeweile

Dinge, für die sie selbst keine ausreichenden Gründe fand, die sie dann hinterdrein vor anderen leugnete, vor sich selbst vergeblich zu rechtfertigen suchte.

Der Herzog in seinem jugendlichen Drang war ihr eben nur interessant, originell gewesen; sie glaubte, ihn ebenso empfangen zu dürfen, wie ihn andere Damen der Gesellschaft empfingen, ohne zu berechnen, dass er in dem Empfang bei ihr einen Vorzug, bei den anderen nur eine gesellschaftliche Usance erblickte. Sie hatte Montague das Recht gegeben, sie zu lieben, und durfte niemand sich nähern lassen, der mit gleichen Ansprüchen kam. Beide jungen Männer waren im Recht gewesen, und nur Helenes Schuld wäre es gewesen, hätte das Duell einen schlimmeren Ausgang gehabt.

Es war etwas wie Reue, was Helene zwang, den Blick zu Boden zu schlagen; ihr Herz klopfte schuldbewusst, als Anatole so herzlich zu ihr sprach, sie um ihrer Stellung vor der Welt willen zu einer Verbindung aufforderte, um welche sie in Paris jedes Weib beneidet haben würde.

»Anatole,« sagte sie endlich halblaut, nachdem ein scheuer Blick sie überzeugt, dass sie mit ihm allein, »du bist edel und gut; du bist bereit, dein ganzes Leben mit allen seinen Ansprüchen an das höchste Glück einem Weibe hinzugeben, das du noch so wenig kennst!« Sie ergriff seine Hand, die sie, als er sich hinabbeugte, mit warmem Druck an ihre Brust, dann an ihre Lippen führte. »Wir begegneten uns in Neapel; ich floh dich, weil ich mir gelobt, kein Eheband wieder einzugehen; du siehst also, ich bin mir selbst gegenüber nicht frei und dennoch meinem Herzen schuldig, dir zu gehören. Dränge mich heute nicht, Geliebter! Der Gedanke, die unschuldige Ursache zu einem öffentlichen Ärgernis geworden zu sein, die Neugier der Menge noch mehr auf mich gelenkt zu sehen, als es zu meiner eigenen Belästigung schon der Fall ist, macht mich scheu und unentschlossen, nimmt mir den Rest meines Mutes. Ich bin ja fremd hier, werde es immer bleiben, und erdrückt von der Gesellschaftslast, die man mir aufgebürdet, habe ich oft die Sehnsucht gefühlt, dieselbe wieder abzuschütteln, bis du diesen Drang in mir überwandst und ich, um dich zu sehen, mich bereitwillig unterwarf. Du hast mich in der Leidenschaft kennengelernt, Anatole, die ich für dich empfinde; ich war zu schwach, ihr zu widerstehen, ich wollte ihr unterliegen. Aber gestatte mir die Momente der Ruhe, in denen ich Herrin über mich sein will, um einen Kampf in mir auszutragen, dessen Zeuge du nicht sein sollst, und vor allem mache mich nicht zum Gegenstand der öffentlichen Sensation, das macht mich furchtsam, gibt mir den Wunsch ein, von hier fort zu fliehen, wenigstens mich in den dunkelsten Winkel meiner Wohnung zu verkriechen, um nicht von einer Teilnahme gefunden zu werden, die doch nur eine lieblose ist ... Sieh, Anatole!« Helene erhob sich heftig, während ihr Auge glühend aufleuchtete und sie ihm tief, verlangend in das seinige blickte. »Sieh, dieser Frau, die uns eben verließ, ist es gelungen, vor aller Welt die Verkündigerin dessen zu werden, was vorläufig nur ein stilles Glück für uns beide bleiben sollte! Heute Abend wissen sie alle, dass wir uns lieben; es wird also nutzlos sein, dies leugnen zu wollen ... Komm heute Abend; wir wollen über unsere Lage sprechen. Du sollst empfangen werden wie mein Verlobter; aber verlass mich jetzt, ich beschwöre dich!«

Mit Heftigkeit schloss sie ihn in ihre Arme; sie bedeckte seinen Mund mit leidenschaftlichen Küssen. Dann sank sie wieder auf den Fauteuil, und mit den Armen abwehrend, beschwor sie ihn stumm, sie allein zu lassen.

Anatole taumelte willenlos hinaus, er gewann die Straße; wie ein Träumender schritt er dahin, berauscht von Helenes Liebesglut, verwirrt durch ihr seltsames Wesen, das er vergebens sich zu erklären bemühte, und durch diese Empfindungen drängte sich eine ihm fast unheimliche Wahrnehmung auf: Helene, die so souverän die Salons u, zeigte plötzlich einen Kleinmut, eine Furcht, wenigstens eine Scheu, die nur einem Schuldbewusstsein entsprungen sein konnte. Und doch schien ihm auch dies wieder erklärlich. Helene waren die Anschauungen der Pariser Gesellschaft noch nicht ganz geläufig geworden; sie war aus dem tiefsten Russland hierher gekommen; man hatte sie hier überhäuft, fast erdrückt, durch Bewunderung, und der Eklat, den er ihr nicht hatte ersparen können, musste sie notwendig einschüchtern. Sie war öffentlich die Heldin eines Romans geworden, den sämtliche Zeitungen natürlich eine Woche hindurch ausbeuteten, und sie stand allein, hatte niemand, unter dessen Schutz sie sich vor dem allgemeinen Aufsehen hätte flüchten können.

Als Anatole sein Hotel erreichte, präsentierte ihm sein Diener verschiedene Briefe, von denen der eine, groß und voluminös, einen transatlantischen Poststempel trug. Ahnungsvoll öffnete er ihn – sein Großoheim in Kuba war endlich seiner Altersschwäche erlegen; man forderte seinen einzigen Erben auf, sich, wie es Gesetz und Testament verlangten, baldtunlichst auf die Reise zu begeben.

Unangenehm berührt, wo jeder andere bereitwillig sich dieser Pflicht unterworfen haben würde, da ja der Großoheim um seinetwillen eine viel größere Reise angetreten, warf Anatole den Brief beiseite.

»Gerade jetzt! ... Ich werde meinem Anwalt auftragen, die Sache zu übernehmen, einen Bevollmächtigten ernennen zu lassen, bis ich selbst ... Gerade jetzt! ... Ich kann nicht fort, und stünden hundert Millionen auf dem Spiel, sie würden mich nicht hier fortziehen, ja schleppte man mich gewaltsam aufs Schiff, ich würde ins Meer springen, um wieder hierher zurückzukehren. O, wäre mir diese Nachricht früher gekommen, ich hätte einen Wink des Schicksals darin sehen können, mich von diesem schönen, anbetungswürdig schönen und mir doch zuweilen unbegreiflichen Weib abzulenken; ich hätte noch die Macht über mich selbst gehabt! Jetzt aber empfinde ich, was ich an meinen Freunden so oft verspottet, die Ohnmacht des Mannes, von einem Weibe zu lassen, selbst wenn er sich, wie ich, sagen muss: Sie würde stärker sein als du; sie wäre imstande zu entsagen! ... Und Helene? Ja, ja, ich sah es ihr an: Sie könnte es!«

Trotzdem überlegte Anatole. Er warf sich auf den Diwan und überließ sich prüfenden, sondierenden Gedanken. Helene hatte heute Momente gehabt, die ihm unverständlich. Und doch wurden ihm auch diese erklärlich. Frau von Chambras' unerwartetes Erscheinen, die Art und Weise, wie sie die arme Helene mit Nachrichten überrumpelte, die er selbst ihr langsam und schonend mitzuteilen beabsichtigt, ihr Forteilen, um die Erste zu sein, eine Verlobung zu proklamieren, auf die Helene selbst nicht einmal vorbereitet war: Das alles musste ein zartes Gemüt verletzen, und Anatole hatte ja oft genug Gelegenheit gehabt, zu beobachten, wie peinlich es ihr war, wenn die Welt sie mit ihren Ovationen verfolgte ...

Achtes Kapitel

Als Anatole am Abend bei Helene erschien, fand er sie in einfacher, weißer Mullrobe, die nur den schönen Armen freien Spielraum gewährte, ohne jeden Schmuck, das Haar wie damals lose aufgeheftet. Und dennoch war sie reizender als in großer Gesellschaftstoilette. In einer gewissen Befangenheit näherte Anatole sich ihr, als er von Zoe mit einer Miene eingelassen worden, die ihm sagte, dass sie jetzt vollständig in alles eingeweiht sei.

Helene war noch bleich, es lag noch ein letztes trübes Wölkchen auf ihrer Stirn, aber das lächelnde Aufblitzen ihres Auges verscheuchte es. Sich erhebend und ein Buch beiseitelegend, in welchem sie schwerlich gelesen haben mochte, reichte sie ihm die Hand und legte die andere auf seinen Arm.

»Du darfst mir nicht zürnen, Anatole«, sagte sie mit himmlischer Ruhe im Ton. »Es war zu viel, was am Nachmittage über mich Ahnungslose kam, die ich harmlos wie ein Kind die Stunden zählte, bis du von deiner Geschäftsreise zurückkehrtest! Du kamst mit einer Wunde; um meinetwillen hattest du dein Leben aufs Spiel gesetzt! Dann kam die Marquise, diese Frau, die mich mit ihrer Freundschaft erdrückte. Unvorbereitet musste ich von ihr hören, dass mein Name durch alle Zeitungen laufe und in Verbindung mit einer Affäre, die mir selbst fremd. Endlich ihr Fortstürzen ... Missverstehe mich nicht, Anatole! Wie jede andere wollte ich selbst das Recht haben, zu bestimmen; sie nahm mir dies über dem Kopf fort und abermals geht mein Name von Zunge zu Zunge. All das, Schlag auf Schlag, verwirrte, betäubte mich, und da mag ich dir wohl ungereimt erschienen sein; ja, ich erscheine mir selber so bei ruhiger Überlegung.«

»Auch ich würde dieser Frau zürnen, Helene, wenn sie nicht in diesem Augenblick die Verkünderin meines Glückes wäre; also verzeihe auch du ihr!« Anatole legte den Arm um ihren Leib. Helenes Stirn hatte sich während ihrer Rede gefärbt; jetzt blickte sie wirklich verlegen vor sich nieder.

Willenlos nahm sie seine Liebkosungen hin; errötend lag sie in seinem Arm.

»Nicht wahr, du bleibst diesen Abend bei mir, Anatole?«, fragte sie zärtlich. »Wir haben so viel miteinander zu besprechen, denn vielleicht zwingen uns beiderseits unsere Verhältnisse, doch nicht so ganz in die Überstürzung der Marquise einzugehen! ... Es ist doch so manches ...«

Anatole betrachtete sie lächelnd. Er zog sie auf den Diwan; er setzte sich nieder vor sie auf das Taburett und ließ eine der braunen Wellen, die sich aus den Fesseln gelöst, durch seine Hand gleiten.

»Ja, ja, die Marquise hätte ersticken müssen, wenn es ihr verboten worden wäre, gleich die interessante Nachricht hinauszutragen; aber was hindert uns, diese Proklamation anzuerkennen! Stell dir vor, wie mir das Schicksal eben einen der launenhaftesten Streiche zu spielen beabsichtigt, der ihm jedoch nicht gelingen soll! Vor einer Stunde erhielt ich die Nachricht von dem Ableben meines Großoheims in Westindien, eines der größten Plantagenbesitzer, der einst als Freiwilliger mit Lafayette nach Amerika ging. Ich bin der einzige Erbe seiner zahlreichen Millionen, das Gesetz aber und seine letztwillige Verfügung fordern mich auf, behufs Antritt der ungeheuren Erbschaft mich sofort nach Westindien zu verfügen.«

Helene hatte ihm mit wachsender Aufmerksamkeit zugehört. Sie blickte jetzt starr vor sich hin; ihre Brust hob und senkte sich sehr erregt, als Anatole schwieg.

»Aber beruhige dich«, setzte dieser hinzu, während er ihre Hand suchte. »Was gilt mir diese Erbschaft, wenn sie mich zwingen will, von deiner Seite zu gehen!«

Helene schwieg noch immer; es arbeitete in ihr fort. Anatole fühlte, wie ihre Hand die seinige ängstlich umklammerte. Plötzlich richtete sie sich halb auf, sie machte ihre Hand aus der seinigen los und blickte sinnend zu Boden.

»Nach Westindien!«, hauchte sie vor sich hin. »Und du willst nicht?«, setzte sie hinzu, ihr großes Auge mit angstvoller Frage auf ihn heftend.

»Wie du fragst! Während Frau von Chambras der Welt eben meine Verlobung mit der Gräfin Helene Sostaniew proklamiert! Was würde man sagen, wenn man hörte, ich sei nach Havre gereist, um mich als Verlobter nach Westindien zu begeben!«

Helene schwieg abermals. Ein ihr plötzlich eingegebener Gedanke schien in ihr fortzuarbeiten.

»Ist dir mein Wort nicht genug, Helene? Du bist wie ein furchtsames Kind, das ein leicht hingeworfenes Wort zum Weinen bringen kann!«

Helene schaute ihn voll, fast herausfordernd an. Sie schüttelte den Kopf.

»Wie wenig du mich noch verstehst, Anatole?«, sagte sie mit bitterem Lächeln. »Glaubst du, Helene Sostaniew würde sich auch dem noch unterwerfen, dass man sie als verlassene Braut bemitleide? Würdest du es aber wie einen Beweis meiner Liebe betrachten, wenn ich als deine Gattin mit dir ginge?«

Dabei blickte sie wieder ihn fragend mit einer Entschlossenheit an, dem jungen Mann keinen Zweifel an der Aufrichtigkeit derselben lassend.

Anatole war unvorbereitet hierauf. Er erschrak. Der Gedanke, überhaupt diese Reise antreten zu wollen, war ihm selbst noch zu fern.

»Du weißt, ich klebe nicht an der Scholle«, fuhr Helene fort, seine Hand in die ihrige nehmend und in ihren Schoß legend, um ihn näher an sich zu ziehen. »Schon als ich mich wider meinen Willen in den gesellschaftlichen Wirbel hier hineingerissen fühlte, entstand in mir der Wunsch, mich ihm wieder zu entziehen. Ich wollte die erste Frühlingssonne erwarten, um Paris Lebewohl zu sagen, denn ich fühle, ich bin hier nur eine Treibhauspflanze. Da lernte ich dich lieben und, aufrichtig gesprochen, ich hätte längst eine Gelegenheit gefunden, mich aus der Vormundschaft der Frau von Chambras loszumachen, wenn sie dir nicht aufrichtig zugetan wäre und mir immer von dir gesprochen hätte ... Sag' mir: wie lange wird deine Anwesenheit drüben, jenseits des Ozeans, notwendig sein?«

»Man berechnet sie auf ein Jahr, vielleicht auch auf zwei Jahre.« Anatole wollte der Gedanke, der Helene so willkommen, noch immer nicht in den Kopf.

»Zwei Jahre!«, wiederholte sie sinnend. »Und wenn du dich nicht an Ort und Stelle einfändest?«

»So würde die Erbschaft wahrscheinlich für mich verloren sein, denn wie man mir schreibt, sind Personen drüben, denen mein Großoheim durch illegitime Verhältnisse nahegetreten, und diese warten nur darauf, dass ich mich weigere zu kommen.«

»Du musst! Du musst!«, rief Helene schnell und mit Nachdruck. »Meine Pflicht ist es, dich zur Reise anzutreiben! Muss es sein, wohlan, so werde ich auch die Kraft haben, dir um deines Glückes willen zu entsagen!«

»Helene, was sagst du!« Anatole entfärbte sich, »Noch soeben versprachst du ...«

»Mit dir zu gehen, ja!« Helene schüttelte traurig den Kopf. »Es war nur ein unüberlegter Gedanke! Wir verlassen gleichzeitig Paris! Ich gehe nach Russland zurück und will dort geduldig deine Rückkehr erwarten.«

Anatole war vom Taburett vor ihr auf die Knie gesunken und bedeckte ihre Hände mit heißen Küssen.

»Um Gottes willen, Helene, sei barmherzig!«, rief er, das Antlitz bleich und flehend zu ihr aufrichtend und sie umklammernd. »Ich bin ja willenlos! Bestimme du, was geschehen soll! Wie unfassbar mir auch der Gedanke gewesen wäre, mich von dir trennen, die Idee, an deiner Seite durch die Welt zu reisen, tritt verlockend vor mich hin, so verführerisch, dass ich noch diesen Abend dich mit mir fortziehen möchte! Helene, ich beschwöre dich, entscheide!«

Eine Pause trat ein, während welcher Anatoles Blick ängstlich an ihren Lippen hing. Er sah nicht, wie sich ihr Auge klärte, wie ein Zug der Genugtuung, heimlicher Freude sogar dies Auge leuchten machte.

»Helene, du sprichst nicht! Du folterst mich!«

»Wir werden noch heute Abend überlegen, Anatole,« sagte sie freundlich lächelnd, während sie seine Schläfen in ihre Hände nahm und ihn auf die Stirn küsste. »Ich fürchte, Zoe kann uns jeden Augenblick stören, um uns zum Souper zu rufen!«, setzte sie, ihn aufrichtend, hinzu. Und beruhigt ließ Anatole es geschehen, dass sie ihn zwang, sein Taburett wieder einzunehmen, während sie selbst sich auf den Diwan in halb ruhender Stellung zurücklehnte und schweigend vor sich hinblickte, als sei sie in tiefer Überlegung. Sie wusste, dass Anatole diese Ruhe benutzte, um die graziösen Konturen zu bewundern, in deren scheinbar absichtsloser Drapierung ihre Koketterie eine Meisterin war.

Zoe meldete das Souper, wie Helene rechtzeitig erwartet. Helene war bei demselben anfangs nachdenkend, fast traurig; sie ließ sich in ihrem Versinken durch Fragen überraschen, die sie aufschreckten. Endlich gelang ihr die Unbefangenheit, dann die Heiterkeit wieder. Sie setzte auf die ewige Ruhe des westindischen Großoheims scherzend das Glas an die Lippen.

»Ich sehe dich schon auf den hohen Wellen des Ozeans schwimmen, Anatole!«, rief sie in übermütiger Laune.

»Und wen siehst du neben mir, Helene?«, fragte er.

»Mich selbst sehe ich in dem Ozean der Tränen, die ich um den weinen werde, der mich verlassen konnte ...«

Anatole erhob sich und verschloss ihr den Mund mit seinen Lippen. Als das Souper beendet, waren beide nach langem Hin- und Herkapitulieren einig geworden: Da Helene sich ohnehin von Paris fortsehnte und sie den Parisern mit ihrer Person nicht ferner Stoff geben wollte, wurde beschlossen, in aller Stille von Paris nach Anatoles Landgut im südlichen Frankreich zu reisen. Dort sollte vor dem Maire des Dorfes der Bund geschlossen, derselbe in der Kirche gesegnet werden, und von dort wollten beide sich über Havre nach Westindien begeben.

Die Marquise und die Welt sollten dadurch um ein ›Evenement‹ betrogen werden, doch gab Helene so weit nach, dass sie einwilligte, als Anatole es für unumgänglich hielt, sich wenigstens einmal, und zwar morgen miteinander im Bois zu zeigen.

Neuntes Kapitel

Der Frühling war über Nacht ins Land gerückt. Seit drei Tagen erschlossen sich fast zusehends die Knospen der Bäume, sich in frischgrünes Laub verwandelnd; die Gebüsche grünten, und da heute gerade der Tag des Blumenmarktes war, schmückte sich der Madeleineplatz mit den frischen Töchtern des Lenzes.

Hunderte von offenen Equipagen rollten heute am Nachmittag im wärmsten Sonnenschein, die Boulevards herabkommend, an der schönen Madeleinekirche vorüber, in der man Gott und sich selbst mehr einen Salon als einen

Tempel erbaut. Die eine und die andere der Equipagen hielt wohl flüchtig am Fuße der hohen Freitreppe, und heraus stieg eine in aller weltlichen Hoffart nach dem letzten Modejournal kostümierte Dame, mit langer, schwerer Schleppe die Stufen hinanrauschend, um dem Himmel en passant ein paar freundliche Worte zuzuflüstern und dann ins Bois de Boulogne zu fahren und sich nach einer neuen Sünde umzutun.

Auf dem Konkordienplatz rauschten zum ersten Mal wieder die Wasser der beiden großen Fontänen, der Sonnenschein blitzte auf den goldenen Zeichnungen am Obelisk, an dessen Fuß ein Ludwig Philipp den Fiaker bestieg, um Frankreich Adieu zu sagen, und alles sah so lustig aus auf dem scheinheiligen Platz, auf welchem Ludwig XVI durch sein Feuerwerk zu Ehren seiner Vermählung mit Marie Antoinette viertausend Menschenleben umbrachte, wofür die Revolution ihn selbst und seine Gattin auf diesem Platz hinrichten ließ. In den Elyséeischen Feldern musizierten die Blinden und Lahmen, die Puppentheater eröffneten ihre Vorstellungen, die Ammen und Bonnen saßen bereits als dankbares Publikum in dem offenen Parterre und die Café chantants verkündeten den Beginn ihrer Saison. Die Promenade überfüllte sich und die Bukettieren boten überall ihre Veilchensträuße.

Auch von St. Germain rollten die Equipagen über die Brücke in die Elyséeischen Felder; die Reiter kurbettierten dazwischen; alles wälzte sich hinaus in die Avenue, die damals noch de l'Impératrice hieß.

Es war einer der letzten Frühlinge des neuen Kaiserreichs, das mit kaltem Blut in einer Dezembernacht begann und in der Nachmittagsglut eines heißen Septembertages zerschmelzen sollte. Zwanzig Jahre hatten genügt, um die neue Aristokratie eines höheren Vagabundentums großzuziehen, die ersten Sprösslinge an die neuen Stammbäume zu setzen, und die Wappen der Equipagen sahen schon alt und ehrwürdig aus. Ewig jung indessen war jene andere Schöpfung des zweiten Empire geblieben, die Liederlichkeit, die freilich den Boden schon sorgfältig kultiviert vorfand, deren Schützerin und Pflegerin die luxuriöse Kaiserin und um derentwillen allenfalls die Söhne, der in ihren Schlössern grollenden Legitimisten nach Paris kamen, um sich zugrunde richten zu lassen. Denn die »Bronze« der französischen Gesellschaft verblieb in den Provinzen, während in Paris alles nur Vergoldung wurde.

Eine Equipage nach der anderen rollt vom Arc de Triomphe in die breite Avenue; mit flatternden Gewändern jagt eine Kavalkade lustiger ›Biches‹ zum Bois hinab. Der Hof selbst erscheint, um die Saison zu inaugurieren, und jetzt ist der Korso in seinem Flor. Wie eine große, glänzende, buntschillernde Schlange wälzt er sich zum See und um denselben. Die Schwäne rudern bereits auf der kleinen blauen Flut und kommen ans Ufer; zarte Hände werfen ihren weißen Schwestern mit den Schwanenhälsen süße Bissen zu; die Gondeln laden zur Fahrt ein, um den See herumreiten, die Ordnung schützend, die schnauzbärtigen Gesichter mit den hohen Bärenmützen, und die Kaskaden werfen ihre Silberfäden über das graue Gestein.

Alles lachte, alles jubelte im neuen Sonnenschein, die Toiletten leisteten das Unglaubliche, trotzdem alles von dem schnellen Hereinbrechen des Lenzes überrascht worden war. Paris war plötzlich aus seinem Wintertraum erwacht.

In der Mitte des glänzenden Zuges bewegte sich eine offene Equipage, deren Eleganz alle anderen schlug. Ein reich mit Gold bordierter Kutscher führte die beiden feurigen Rappen, ein Livreediener saß mit auf der Brust gekreuzten Armen neben ihm.

Man hätte die Equipage an dem Wappen der Montagues erkannt, auch wenn nicht Anatole auf seinem herrlichen Brandfuchs, dessen glänzender Schweif den Boden peitschte, neben derselben geritten wäre. Man begegnete und folgte der Equipage mit neugierigen oder gespannten Gesichtern; man flüsterte sich zu, wenn man an ihr vorüberkam; man warf Grüße hinüber und reckte die Hälse, um die Dame zu bewundern, die lächelnd, plaudernd ihr schönes Antlitz Anatole zugewendet hielt und der übrigen Gesellschaft nur flüchtige Aufmerksamkeit widmete.

Was man gestern überall mit so großem Interesse erzählt, bestätigte sich öffentlich schon heute. Montagues Antlitz strahlte vor Stolz und die Gräfin Sostaniew lächelte ihm vor aller Augen in so süßer Vertraulichkeit zu! Ohne Zweifel hatte Montague seiner Braut diese schöne, eben erst aus dem Atelier der Champs Elysées gekommene Equipage zum Brautgeschenk gemacht.

Vergebens suchte man den jungen Herzog von Vermont. Man erzählte, er liege an seiner Wunde schwer danieder und büße die Kühnheit, die ihn verleitet, sich in das deklarierte Liebesverhältnis dieser beiden einmischen zu wollen.

Helene hatte sich eben in den Fond des Wagens zurückgelehnt; ihr Auge haftete an dem riesigen

Veilchenbukett, das vor ihr im Wagen lag. Anatole hatte Zeit, die Grüße der an ihm vorüberkommenden Bekannten zu erwidern. Er dankte eben ziemlich gleichgültig dem eines Herrn, in welchem er Rostoff erkannte. Helene hatte diesen nicht bemerkt und Anatole hielt es nicht für der Mühe wert, sie auf ihn aufmerksam zu machen.

Eine vor dem Kiosk des Sees versammelte heitere Gesellschaft rief durch ihr Lachen Helene aus ihrer Schweigsamkeit. Sie fühlte sich dieser Schaustellung müde; sie hatte Anatoles Wunsch nachgegeben, sich heute öffentlich mit ihm der Gesellschaft zu zeigen, und wollte ihm eben den ihrigen aussprechen, sich der Promenade entziehen zu dürfen.

Ein zierliches, leichtes Gefährt, das im ganzen Zug Sensation machte und auch Anatoles Auge auf sich zog, bewegte sich an ihnen vorüber. Hoch und in elegantester Haltung, in leichtem demi-habilé, den Zylinder auf dem Kopf, die glänzendsten Glacés an den Händen, lenkte vom Bock herab ein durch seine Schönheit auffallender junger Mann mit etwas gebräuntem Teint, großen dunklen Augen und schwarzem, gekräuseltem Schnurrbart zwei ins Gebiss schäumende, mutig ausgreifende Tiere. Als Folie diente ihm ein hinter ihm sitzender Diener in reicher Albanesentracht, mit schneeweißer Fustane, gelblederen Beinschienen, einem weißen, über die rote Sammetjacke hängenden Schaffell, unter welchem der Türkensäbel hervorschaute, und einem hohen roten Fes auf dem bärtigen, braunen Gesicht.

Die Peitsche an den Zylinder legend, grüßte der junge Mann Anatole als flüchtige Bekanntschaft, würdigte auch die Dame im Wagen nur eines ebenso flüchtigen Blicks und fuhr vorüber, gefolgt von aller Augen, die in diesem Moment die Aufmerksamkeit für die schöne Witwe vollständig verloren.

»Der junge Grieche, der vor acht Tagen aufgetreten und bei den Damen enormes Furore macht«, sprach Anatole, nur halb zu Helene gewendet, da sein Pferd durch das bunte Arnautenkostüm etwas unruhig geworden. »Ich sah ihn im Klub um hohe Summen spielen; er muss ungeheures Vermögen besitzen, wenn er Verluste wie die erlittenen verschmerzen kann!«

Helene antwortete nicht. Anatole, noch bemüht, sein Pferd in ruhigen Schritt zurückzubringen, sah nicht, wie sie, blass wie eine Leiche, sich halb abwendete und mit ihrer Robe beschäftigte. Sie beugte sich in den Wagen hinab, um das Blut ins Gesicht zurückzudrängen, und als sie sich wieder aufrichtete, gab sie sich die Miene, als sei sie unaufmerksam für den Gegenstand gewesen, von welchem Anatole gesprochen. Dieser blickte ihr erschreckt ins Antlitz.

»Helene, was ist dir?«, rief er in höchster Besorgnis.

Sie bedurfte noch einiger Sekunden, um sprechen zu können.

»Du bemerkst nicht, Anatole, wie peinlich mir schon lange diese kritisierende Aufmerksamkeit ist, deren Gegenstand wir sind! Ich fühle mich ernstlich unwohl; ich war es schon, als ich meine Wohnung verließ! Willst du mich sehr verbinden, so lass uns nach Hause fahren! Da wir ja diese Gesellschaft doch auf längere Zeit verlassen, hat sie kein Interesse mehr für mich.«

»Wie du willst, Helene!« Anatole rief dem Kutscher den Befehl zu, am Ende des Sees die große Avenue einzuschlagen und nach Hause zu fahren. »Wir mussten dieses Opfer bringen, Helene«, setzte er hinzu, »und jetzt, da es geschehen ist ... Aber du bist ernstlich unwohl, du machst mich besorgt!«

»Es wird vorübergehen!«, hauchte Helene und lehnte sich ermattet zurück. Schweigend ritt Anatole neben ihr her. Wohl stieg auch ihm ein kleiner Gedanke des Unmutes auf, der Gebrechlichkeit und Wandelbarkeit der Frauen gegenüber, die den Mann zum gehorsamen Spielball aller möglichen täglichen Zufälle und Anfälle macht; indes seine Neigung für Helene war eine so Tiefe und Aufrichtige, dass er sie in zärtlicher Besorgnis in die Stadt zurückbegleitete und erst vor ihrer Wohnung Abschied nahm mit dem Versprechen, noch am Abend sich persönlich von ihrem Wohlbefinden überzeugen zu wollen, während Helene schweigend ihm mit mattem, halb verschleiertem Auge die Hand reichte.

»Habe Mitleid«, sprach sie, ohne aufzuschauen. »Überlass mich heute mir selbst, ich bitte dich! Wir sehen uns morgen!«

Anatole war es bei diesem Abschied seltsam ums Herz. Sie versagte ihm den Blick, den er suchte; kein Druck erwiderte den seinen, als sie sich trennten. Er hatte ein Gefühl, wie wenn sich etwas von ihm loslöste, was sein eigenstes Leben geworden.

Vergeblich Zerstreuung suchend, irrte er am Abend umher. In seinem Hotel litt es ihn nicht; es wurde ihm immer deutlicher, dass Helenes sonderbares Benehmen beim Abschied Gründe haben müsse, die ihm unerfindlich waren. Spät am Abend betrat er den Klub. Man bestürmte ihn mit Gratulationen. An den Spieltischen galt es wieder hohe Summen. Das Hasard ist in den Klubs ausdrücklich verboten, nicht das Wetten, das schon Millionen verschlungen und die kostbarsten Inventare, Marställe und Kunstgalerien ins Hotel Drouot, unter den Hammer gebracht hat.

Der junge Grieche war auch heute der Matador. Er verlor große Summen und strich sich lächelnd den glänzenden Schnurrbart; er gewann und verzog keine Miene. Anatole, in einer nervösen Stimmung, die ihn nicht verlassen wollte, fand an nichts Interesse. Er suchte einen einsamen Winkel für seine ungeselligen Gedanken.

Während er sich kein Hehl daraus machte, dass es ihm eine Unmöglichkeit, ohne sie zu sein, hatte Helene ihm beim Abschied heut eine Miene gezeigt, die ihm bewies, dass, wenn sie ihn wirklich liebte, sie mehr Gewalt über diese Neigung besaß, als er über die seinige. Dass sie heiß, glühend empfinden konnte, hatte sie ihm ohne Rückhalt gezeigt. War ihre Kälte nur Laune, dafür war der Moment zu taktlos gewählt! Gerade einige Tage vor Ausführung ihres gemeinschaftlichen Vorhabens! Bereute sie das Letztere, warum zeigte sie sich nicht aufrichtig? Sie selbst hatte ihn ja zu dieser Idee überredet.

Es litt ihn nicht an der einsamen Stätte. Er sprang auf und schritt zerstreut durch die Säle. Hier weckte ihn eine Hand, die sich auf seinen Arm legte.

»Herr von Rostoff!«, rief er, diesen erkennend. Es war ihm, als habe dieser Mann ihm seine Hand auf das Herz gelegt, denn dasselbe pochte laut.

»Schon seit mehreren Tagen gehe ich mit der Absicht um, Ihnen meinen Besuch zu machen!« Rostoff legte dabei mit mehr Vertraulichkeit als Berechtigung seinen Arm leicht in den Anatoles. »Sagen Sie mir, haben Sie schon soupiert?«

»Nein«, war Anatoles zerstreute Antwort, obgleich er an nichts weniger gedacht hatte, als gerade hieran.

»Darf ich Sie einladen, so ein bisschen zur Feier unseres Wiedersehens, obgleich ich nicht zu berechnen wage, wie viel Ihnen daran gelegen sein mag?«

Rostoff sprach das in seinem gewohnten mokanten Ton. Anatole nahm die Einladung an, mehr in Gedankenlosigkeit als mit der Absicht zu soupieren, und beide saßen sich alsbald vertraulich gegenüber.

»Es gibt Leute, die ein für andere beleidigendes Glück haben«, sagte Rostoff, nachdem er versichert, dass der Aufenthalt in Palermo ihm gute Dienste getan. »Sie waren heut im Bois der Gegenstand des Neides; man folgte Ihnen mit dem allgemeinsten Interesse! Ja, ja, wer so viel Chance hätte wie Sie! Und wer hätte es denken können, als uns die schöne Sostaniew in Neapel so plötzlich verschwand! Ich hatte schon die misstrauische Idee, dass zwischen Ihnen und ihr eine Verabredung bestehe, da auch Sie bald darauf abreisten.«

»Sie wussten, dass ich ihr damals gerade so fernstand wie Sie!«, war Anatoles Antwort.

»Hm, Sie sagen es!« Rostoff machte eine seiner spöttischen Grimassen. »Ich war sehr überrascht, in den Pariser Zeitungen zu lesen, dass die schöne Komtesse sich hier in allen Salons bewundern lasse, während sie in Neapel sich in der Einsamkeit gefiel und für niemand zugänglich war. Ich kann Ihnen übrigens sagen, dass ihre frühere Begleiterin – Sie erinnern sich der älteren Frau in ihrer Begleitung – keineswegs gestorben, sondern, wie ich in der russischen Gesandtschaft hörte, des Umherreisens müde, nach Russland zurückgekehrt ist.«

Anatole schien dies wenig zu interessieren; er zerkrümelte, vor sich hinblickend, das Brot in seiner Hand. Rostoff sprach von Helene in einem Ton, der verriet, dass er von dem intimen Zusammenhang zwischen ihm und ihr noch nicht ganz unterrichtet sei. Anatole sah inzwischen nicht, wie Rostoff, sein Glas an den Mund führend, mit halb geschlossenen Augen ihn listig beobachtete.

»Es soll«, fuhr er eintönig fort, »zwischen der Gräfin und jener Frau zu einem Zerwürfnis gekommen sein, dessen Ursache unbekannt. Junge Witwen haben natürlich ihre Launen, namentlich wenn sie so schön sind wie diese ... Aber Sie scheinen zerstreut, lieber Montague! Mein Thema interessiert Sie wider Erwarten nicht! Sprechen wir von etwas anderem!«

Anatole blickte aus seiner Zerstreuung auf.

»Sahen Sie den jungen Griechen auf der Promenade?«, fragte Rostoff. »Die Weiber waren toll; er brachte Sie um einen guten Teil des Furore, wenigstens wurde es durch sein Erscheinen geteilt! Ein Mordskerl, dieser Cantopulos! Er spielte vorhin drüben um kolossale Summen und soll total ausgeleert das Feld geräumt haben, nachdem er sogar seine beiden Araber verspielt. Existenzen wie diese sind doch nur in Paris möglich!«

»Sie kennen ihn?«, fragte Anatole, von unwillkürlichem Interesse erfasst und Rostoff mit Spannung anschauend.

»Ob ich ihn kenne!« Rostoff füllte sein Glas wieder. Anatole bedeckte schroff ablehnend das seine mit der Hand.

»Erzählen Sie!«

»Ich fürchte, Ihnen unangenehm zu werden!«

»Mir?«, rief Anatole lachend. »In welcher Beziehung stände ich zu diesem Menschen, den ich beim ersten Anblick für einen Abenteurer hielt! Sie wissen, welche Bedeutung für uns das Wort grec hat.«

»Ganz recht, und dieser macht keine Ausnahme! Ihre Hand darauf, dass Sie mir nicht zürnen, wenn ich erzähle!«

Anatole reichte ihm mechanisch, kalt lächelnd die Hand.

»Gedenken Sie Ihres Versprechens!« Rostoff sprach in eigentümlich warnendem Ton. »Also, dieser Cantopulos, der, nach seinem hiesigen Auftreten zu urteilen, Millionen besitzen muss, ist ein von blutarmen griechischen Eltern, die sich aber fanariotischer Abstammung rühmten, in Odessa geborener Mensch. Er wurde als Knabe nach Petersburg gebracht und dort auf Kosten des Staats oder eines hohen Beamten erzogen, von dem man behauptete, er habe in Beziehung zu der schönen Mutter des Burschen gestanden. Gregor Cantopulos wurde der Sekretär dieses hochgestellten Mannes. Er wohnte in demselben Hause, in welchem damals ein bildschönes Mädchen, die Komtesse Skawa, lebte, die vor nicht lange nach Petersburg gekommen. Schön, wie der Bursche war, unternehmend und hochstrebend, verliebte er sich in das Mädchen, und ... das Mädchen liebte ihn wieder.«

»Nun, und weiter?« Anatole starrte den Russen starr und befremdet an, als dieser eine absichtliche Pause machte.

»Die Liebschaft mochte wohl ein Jahr gedauert haben, denn Cantopulos war ohne Mittel zum Heiraten. Das Mädchen gab sich ihm mit einer Rückhaltlosigkeit und Unbefangenheit hin, welche die Nachbarschaft erstaunte. Da hieß es plötzlich, es habe ein reicher Aristokrat um die Hand der schönen und unbesonnenen Komtesse angehalten, und trotzdem sie dieselbe anfangs ausschlug, wurde sie seine Gattin. Gregor Cantopulos verschwand aus Petersburg; man erzählte sich, er sei von dem Gatten der Komtesse ohne Kenntnis dieser früheren Beziehungen als Sekretär engagiert worden und lebe jetzt auch auf den Gütern des Grafen ... Sostaniew.«

Anatoles Hand umklammerte zitternd und krampfhaft das Messer, mit dem er eben zuhörend gespielt. Er starrte auf, als dieser Name an sein Ohr schlug; er durchbohrte den Erzähler mit stechendem Blick; seine Lippen zitterten unter einem Wort, das er, sich seines Versprechens erinnernd, nicht über dieselben brachte.

»Ich erzähle nur auf Ihren Wunsch, Herr von Montague,« fuhr Rostoff gleichgültig fort, »und bedaure aufrichtig, sollte ich mit meinen Worten eine Wunde in Ihrem Herzen berühren, deren Vorhandensein mir nur Ihre Miene jetzt eben verrät, denn wer vermutet eine solche bei Männern wie Sie! Ich verleumde nicht, mein Ehrenwort darauf! Wäre ich ein Verleumder, ich hätte Ihnen schon in Neapel erzählen können. Was ich jetzt eben spreche, betrifft ja nur den Gregor Cantopulos.«

»Und aus wessen Mund haben Sie das?«, rief Anatole mit bleichem Antlitz und noch fortbebenden Lippen.

»Ich schonte die Gräfin in Neapel und erzählte Ihnen dort angeblich vom Hörensagen; heute muss ich Ihnen zu meiner Rechtfertigung hinzufügen, dass ich der Nachbar der Sostaniewschen Güter im südlichen Russland bin und in der Zeit, von der ich spreche, in Petersburg lebte. Dass ich ehrlich und aufrichtig spreche, mag Ihnen das Geständnis beweisen, dass ich, der Gräfin in Neapel begegnend, allerdings versuchte, mich ihr zu nähern, vielleicht in etwas zu großer Vertraulichkeit auf unsere Nachbarschaft fußend, aber von ihr zurückgewiesen wurde. Man kann nicht offener sein, wie Sie sehen!«

Kalter Schweiß war auf Anatoles Stirn getreten; er stützte dieselbe in beide Hände. Rostoffs Ton, in welchem er Dinge erzählte, die sich wie ein Dolch in seinem Herzen herumdrehten, war von so überlegter, beherrschender, jeden Einwand niederschlagender Ruhe, dass Anatole das Haupt stützen musste, das er vor ihm beugte.

»Nehmen Sie die Versicherung, dass ich es jetzt bereue, gesprochen zu haben«, fuhr Rostoff in gleicher Weise fort. »Mir lag nur daran, diesen Abenteurer zu demaskieren, und das konnte nicht ohne Erwähnung einer Person geschehen, die ...«

»Weiter! Weiter! Sagen Sie alles!«, schrie Anatole plötzlich auf. »Sie sehen, ich bin ruhig, aber um es zu bleiben, muss ich alles wissen, alles! Es ist ja so gleichgültig, ob ein Todesurteil halb oder ganz gesprochen, wenn es doch vollzogen wird!«

Anatole war die Erinnerung an den heutigen Nachmittag zurückgekehrt. Trotz seiner mit wildem Herzschlag galoppierenden Gedanken wurde ihm doch ein Moment klar: Helenes sonderbare Stimmung knüpfte sich an die Begegnung des Griechen; sie war vorher heiter, unbefangen gewesen. Er, ohne Ahnung, hatte nicht beobachten können, welchen Eindruck diese Begegnung auf sie gemacht, aber die Folgen hatte er empfunden. Und Helene, dieses wunderbare, unvergleichliche Weib, Helene, an der sein Herz mit allen Fasern hing, Helene, um deren Besitz ihn eine ganze Welt beneidete, sie war imstande gewesen ... Aber wiederum: War ihr Leben früher rein und makellos gewesen, wie sie es in Paris führte, warum diese unerklärliche Ungleichheit ihrer Stimmung, ihr oft so ganz seltsames, ungereimtes Wesen! ... Und warum sonst dieses Benehmen heute beim Abschied gegen ihn, der ihr seine ganze Existenz zu Füßen gelegt! ...

»Weiter! Ich beschwöre Sie!«, knirschte er abermals, ohne zu Rostoff aufzuschauen. »Erzählen Sie alles! Alles!«

Rostoff schien kein Mitleid zu fühlen, wie gleißnerisch er auch seinen Ton zu färben wusste. Hämisch schielte er zu Anatole hinüber. Was diesen Mann zu Mitteilungen veranlasste, die er früher in Neapel verschwiegen, war ersichtlich – der Neid, die Eifersucht. Mit derselben Schadenfreude holte er jetzt zum letzten Schlag aus.

»Sie haben recht, Herr von Montague, aber ich bin im Grund zu Ende! Wie ich Ihnen schon früher sagte, starb der Graf Sostaniew nach kurzer Ehe im Duell. Ich bin weit entfernt zu glauben, dass während derselben zwischen Cantopulos und der jungen Gräfin ein tadelnswertes Verhältnis fortbestanden, obgleich man es vermutete. Nach dem Tod des Grafen verschwand der junge Grieche, und das sprach in aller Augen zugunsten der Gräfin; einige Zeit darauf musste auch sie die Güter verlassen, die den Verwandten des Grafen zufielen, und da ihr der Letztere eine ganz bedeutende Summe vermacht, ging sie auf Reisen, während die Behörden vergeblich dem Verwandten nachzuforschen suchten, der ihn im Zweikampf getötet haben sollte. Wahrscheinlich hat sich derselbe außer Landes geflüchtet. Sie begreifen jetzt mein Erstaunen, als ich Gregor Cantopulos, den ich später in Syrakus ganz herabgekommen in einer Garküche stehen sah, hier in der Rolle eines Grandseigneur begegnete, die er mit Meisterschaft zu spielen versteht!«

Minutenlang lauschte Anatole, vor sich hinblickend, als erwarte er, dass Rostoff von neuem beginnen werde. Dann plötzlich erhob er sich mit leichenblassem Antlitz und unsicherem, scheuem Auge.

»Ich danke Ihnen, mein Herr!«, sprach er kaum verständlich mit einer halben Verbeugung und verließ das Gemach.

Ohne ihm nachzublicken, kalt vor sich hinlächelnd, griff Rostoff in die vor ihm stehende Fruchtschale, nahm eine Malagatraube heraus und pflückte eine Beere.

»Der ist noch nicht kuriert!«, murmelte er vor sich hin. »Gregor Cantopulos, den Rest wirst du ihm geben! ...«

Zehntes Kapitel

Zerschlagen, vernichtet in seinem innersten Leben erreichte Anatole sein Hotel, suchte, ohne die Bedienung eines Blickes zu würdigen, sein Schlafgemach und warf sich angekleidet auf sein Bett.

Er schloss die Augen, er ballte krampfhaft die Hände vor der Stirn, er biss die Zähne zusammen und murmelte vor sich hin: »Dass ich dieser Schlange nicht die Zunge ausriss! Schon in Neapel suchte er sie mit der scheinbar absichtslosesten Miene zu verleumden und hier vollendete er, was ihm dort übrig geblieben, mit der Schamlosigkeit, selbst einzugestehen, dass er von ihr zurückgewiesen worden! Er hasst sie, er sucht nach Rache! ... Und im Grund ... wenn er wirklich die Wahrheit sprach, was tat sie? Als harmloses Mädchen in die Hände eines Unwürdigen zu geraten, war sie etwa die Einzige, der dies geschehen? Wer erzählt mir, was das sittsamste, eben der Pension entlassene Mädchen hinter dem Rücken seiner Lehrerinnen schon erlebt haben mag! ... Und dass dieser Grieche, der die Unerfahrene zu gewinnen wusste, ihr folgte, dass er es verstand, sich in das Haus ihres Gatten zu drängen ... Rostoff hatte nicht die Stirn, zu behaupten, sie habe darum gewusst, sie habe ihren Gatten betrogen ...«

Eine Pause, während welcher Anatoles Seele zwei verschiedenen Advokaten lauschte, denn auch der Ankläger gewann in ihr Gehör.

»Wahr ist es, dass der Anblick dieses Abenteurers sie in eine Stimmung versetzt, von der sie sich nicht zu erholen vermochte! Sie ließ sich auch von diesem Griechen erzählen, ohne zu antworten! War sie reines Herzens, warum gestand sie nicht ein, sie kenne ihn? ... Es ist mir, als habe ich heute den Anker auf den Grund ihrer Seele geworfen, den sie stets mir zu verhüllen wusste. Sie ist nie aufrichtig gewesen; sie vermied stets, von ihrem früheren Leben zu sprechen, und dass dies nicht so ganz ohne Stürme gewesen, beweist die ungleiche Stimmung, mit der sie sich und mich schon gefoltert! Es gibt Momente, in welchen aus ihrem Auge etwas so geheimnisvoll Düsteres spricht! Ich wollte es auch nicht verstehen, wollte nicht hören, als sie mir mit so sonderbarem Ton sagte: ›Du bist bereit, dein Leben einem Weibe hinzugeben, das du noch so wenig kennst!‹ ... Und doch darf ich ihr keinen Vorwurf machen! Was berechtigte mich früher, ihre Erlebnisse kennen zu wollen, und habe ich sie nach diesen gefragt, als sie mir den Vorzug vor allen anderen gab? Sie gestand damals offen genug, sie könne und wolle eine neue Ehe nicht eingehen; ich zwang sie zum Gegenteil! Hat sie heute nicht das Recht, auf den geringsten Vorwurf von meiner Seite zu antworten: ›Warum trittst du mir in den Weg! Ich sagte dir ja, du willst mich und kennst mich doch so wenig!‹ ...«

Anatole kam während einer schlaflosen Nacht zu dem Entschluss, ihr das Verhältnis zu dem Griechen zu verzeihen. Was er aber für einen Entschluss hielt, war nichts als das unabweisbarste Bedürfnis seiner Seele, denn ohne sie sah er ein Nichts vor sich, das er nicht einmal zu denken vermochte. Es war ihm, als sei sie, selbst schuldig, eine Bedingung seines Lebens.

Anatole Montague war auf dem Punkt angelangt, wo eine einzige Begegnung, ein Lufthauch das Leben des felsenfestesten Mannes in Scherben wirft; er hatte den Frauenwert nie taxiert oder gering geschätzt, und jetzt zwang ihn sein eigenes Glück, den Wert der einen, um die es sich handelte, nicht auf die Goldwaage zu legen!

Elftes Kapitel

Zeitiger als ihre Gewohnheit erhob sich Helene am nächsten Morgen. Ihre Augen waren müde und glanzlos; ein dunkler Schimmer lag um dieselben, ihre Wangen waren bleich, um ihre Mundwinkel war ein bitterer, menschenfeindlicher Zug. Die Unordnung ihres Haares verriet eine ruhelose Nacht. Als sie in das Morgengewand schlüpfend vor den Spiegel trat, legte sie beide Hände vor das Antlitz und wandte schaudernd sich ab, als fürchte sie sich vor sich selbst. So stand sie minutenlang da, die Augen mit beiden Händen bedeckt, nur zuweilen leise das Haupt bewegend, bis ihre Arme endlich müde herabfielen. Sie sank auf das Ruhebett und legte die Stirn an die Lehne desselben. Mit halb geöffnetem Mund starrte sie zur Decke hinauf.

»Ich wusste es ja, ich soll nicht glücklich sein. Warum versuchte ich es, den eigenen Mahnungen zum Trotz! Wenn ich diese leisen, geisterhaften Tritte höre, ist mir stets ein Unglück auf den Fersen, und vielleicht büße ich es diesmal schwer, nicht beizeiten der Mahnung gehorcht zu haben!«

Sie richtete sich wieder auf. Tränen fanden den Weg aus den müden Augen über ihre Wangen. Ihre Hände lagen ratlos auf ihren Knien.

»Es ist heute mein letzter Tag in seiner Nähe; er soll, er muss es sein, wenn ich mich und ihn retten will!«, hauchte sie mit bebenden Lippen. »Er soll nichts ahnen, niemand soll davon wissen. Erst wenn ich fern bin, will ich ihm sagen, wie teuer er mir war, wie ich gegen meine Liebe für ihn gekämpft und erliegen musste, weil ich zu schwach war, ihn zu fliehen! Er soll mich nicht mehr finden, denn niemals soll mich die Eitelkeit wieder verführen, mit dem glänzen zu wollen, was mir die Natur als ein mir selbst so verderbliches Geschenk verliehen ... Ich will heute wieder stark sein. Es wird ja nicht über meine Kräfte gehen, nur ein paar Stunden lang die Gewalt über mich zu behaupten!«

Helene erhob sich. Sie schellte ihrer Zofe, die mit heimlichem Seitenblick die Verwüstung auf dem Antlitz ihrer schönen Herrin beobachtete.

»Zoe«, begann Helene mit schwachem Atem, »ich fühle mich wirklich so ermattet, dass ich beschlossen habe, die Einladung der Frau von Sergas anzunehmen und für einige Wochen bei ihr in Fontainebleau die stärkende Frühlingsluft zu genießen. Ich reise am Nachmittag und nehme vorläufig nur das Notwendigste meiner Garderobe mit. Sobald ich dich benachrichtigt, folgst du mir mit dem Übrigen. Ich muss nach dieser ermüdenden Wintersaison wieder zu Kräften kommen, wenn ich nicht ... Schlimmeres befürchten will.«

Zoe stand überrascht da, als ihre Herrin die Stirn in die Hand legte.

»Zu Befehl!«, stammelte sie endlich verwirrt. »Komtesse geben mir wohl vor der Abreise die nötigen Verhaltungsbefehle!«

»Alles, Zoe! Wenn ich zurückkehre, gehen wir ins Seebad. Der Arzt verlangt, ich solle meine Nerven kräftigen ... Bring' mir nur eine Tasse Tee, ich will heute nicht dejeunieren; dann packe meine Reisetoilette, ich habe inzwischen noch einige Briefe zu schreiben.«

Helene sprach das alles mit zunehmender Ruhe und Sicherheit, als schöpfe sie selbst Kraft aus ihren eigenen Worten, während Zoe sichtbar die Frage auf der Zunge lag: ›Und Herr von Montague?‹

Eine Stunde verstrich. Zoe war pflichteifrig mit dem Einpacken beschäftigt; Helene vollendete ohne ihre Hilfe ihre Toilette und stand in reich verziertem, isabellfarbenem Promenadenanzug da, der von der Modistin allerdings für die

Frühlingsausflüge der Gräfin verfertigt war. Sie trat gegen Mittag an ihren Schreibtisch, um die nächsten Bekannten von ihrer kleinen Exkursion zu benachrichtigen.

Im Schreiben wurde sie durch ein Geräusch gestört. Zoe trat ein und überbrachte eine Karte.

»Der Herr wünscht dringendst, empfangen zu werden, obgleich ich ihm gesagt, dass die Komtesse eben im Begriff, einen Ausflug aufs Land zu machen.«

Zoe erschrak in ihrer Rede, als sie sah, mit welch ängstlichem Ausdruck in den Mienen ihre Herrin aufschaute, wie dieselbe zaudernd und dann bebend die Hand nach der Karte ausstreckte.

Die Letztere glitt nach einem einzigen Blick durch die Finger Helenes und fiel auf den Tisch. Helene stützte die Stirn in die Hand, um von Zoe nicht beobachtet zu werden. Dann vergaß sie, der Wartenden eine Antwort zu geben.

»Was soll ich dem Herrn sagen? Er wird sich nicht abweisen lassen!«, hörte sie die Stimme der Zofe.

Helene schrak wieder auf und schaute ratlos vor sich hin.

»Sag' ihm, morgen sei ich bereit, ihn zu empfangen!«, stieß sie heraus, während sie mit Ekel das Auge von der vor ihr liegenden Karte abwandte.

Zoe ging zögernd. Helene, als das Mädchen hinaus war, packte sich mit beiden Händen bei der Brust, schöpfte hoch und kurz Atem und starrte lauschend an der Wand empor.

»Er! Er! Ich durfte es erwarten! Ich musste schon gestern fort! Er hat mich gesehen! Wie rette ich mich vor diesem Menschen!«

Und von namenloser Angst gefasst, sprang sie auf und stürzte in ihr Schlafgemach.

Kaum vergingen einige Sekunden. Sie hörte schwere Männertritte dumpf auf dem Läufer des Korridors schallen; sie hörte Zoes Stimme und dann eine andere, deren Klang ihr das Haar auf dem Scheitel sträubte.

Jetzt schallte diese Stimme schon in ihr Boudoir, nur wenige Schritte von ihr. Das Blut stockte in Helenes Adern; ihr Antlitz glich dem einer Statue.

»Ich sage Ihnen, liebes Kind, es ist ein Irrtum! Ich werde zu jeder Zeit von der Gräfin Sostaniew empfangen! Sagen Sie ihr, ich erwarte sie hier, und dann seien Sie so freundlich, sich so weit wie möglich zu entfernen, denn ich habe mit ihr Angelegenheiten zu besprechen, welche die Dienerschaft nichts angehen.«

Helene, mit beiden Händen sich an eine Etagere klammernd, wagte nicht, zu atmen. Sie horchte, was Zoe antworten werde, und war sich doch bewusst, dass sie von dieser keinen Schutz zu erwarten habe.

»Sie weigern sich, mein Kind?«, fuhr die Stimme mit kalter Ruhe fort. »So werde ich selbst den Dienst übernehmen! Vermutlich jene Tür dort ... Ich bitte, entfernen Sie sich! Ich sagte Ihnen schon einmal ...«

Helene hörte eine Tür öffnen und schließen. Dann vernahm sie Tritte auf dem Teppich, die sich schnell näherten. Mit dem Mut der Verzweiflung raffte sie sich zusammen; sie stürzte zur Tür, riss diese auf und stand mit weit geöffneten, zornsprühenden Augen, eine gereizte Löwin, vor einem jungen Mann in elegantestem Kostüm, der den Hut in der fein glacierten Hand hielt.

»Ah! Meine schöne Helene!« Mit einer ironisch artigen Verbeugung trat er unerschrocken einen Schritt näher; sein großes dunkles Auge glitt dabei über die Frauengestalt bis zu deren Füßen hinab und hob sich wieder zu ihr. »Wie unartig, mich so abweisen zu lassen! Haben Sie nichts mehr in sich, was Sie an unsere alte Freundschaft erinnerte? Ich dächte, als alter Freund hätte man Anspruch auf besseren Empfang!«

Helene stand regungslos da; nur ihr Auge glühte Hass, ihre Züge waren gespannt, ihr Mund hatte sich halb geöffnet, ohne Worte finden zu können.

»Sie geben mir Zeit, Sie aufs Neue zu bewundern, Helene! Ich schwöre Ihnen, Sie sind reizender noch geworden und Paris muss notwendig zu Ihren Füßen liegen! Keinen günstigeren Sockel konnten Sie für Ihre Schönheit wählen als Paris, das allein diese zu würdigen versteht!«

»Verlassen Sie mich! Auf der Stelle!«, entrang es sich endlich gepresst aus Helenes Brust, während er sie mit übermütigem Lächeln fixierte.

»O, ich habe nicht die Absicht, Sie lange zu belästigen, Helene!« Gregor Cantopulos kräuselte mit der linken Hand seinen Schnurrbart und sein Auge glitt abermals frech über Helenes Gestalt. »Ich habe mit der Gräfin Sostaniew nur einige dringende Worte zu sprechen, und vielleicht erlaubt sie mir, da ich den Weg zu Fuß gemacht, um nicht Aufsehen zu erregen ...«

Gregor Cantopulos ließ sich am Schreibtisch auf den Stuhl nieder, warf dabei gleichgültig einen Blick auf den daliegenden Briefbogen und las: »Teurer Anatole ...«

»Ah, ich habe schon gehört! Man sprach im Klub von deiner Verlobung mit dem immens reichen Montague, und das führt mich gleich zur Sache, die ohnehin pressant ist. Ich habe nämlich hier gegen meine Gewohnheit verwünschtes

Unglück im Spiel gehabt und gestern sogar meine beiden herrlichen Rappen auf eine unselige Karte verloren. Um kurz zu sein: Ich brauche Geld, viel Geld, denn ich würde mich kompromittieren, wenn ich, nachdem ich, auf mein Spielglück rechnend, hier so glänzend debütiert, plötzlich in einem Restaurant niederen Ranges gesehen würde. Dir, der Braut eines hundertfachen Millionärs, als welchen man Montague bezeichnet, kann es unmöglich auf einige hunderttausend Franken ankommen, mit denen ich mein Glück korrigieren muss! Willst du die Gefälligkeit haben? ...«

Dabei warf er einen lüsternen Blick auf eine kaum in Armeslänge vor ihm stehende geöffnete Kassette, in welche Helene, ehe sie sich an den Schreibtisch setzte, nachlässig ihr Geschmeide zusammengelegt.

Helene hatte ihre Angst, dann die diese ablösende Entrüstung niedergekämpft. Sie glaubte, ihre Rettung nur in der Entschlossenheit finden zu können, zu der die Unverschämtheit des Gastes ihren Stolz aufrief.

»Sie täuschen sich, Herr Cantopulos, in der Voraussetzung, die Sie hierher führte, um in meine Wohnung einzubrechen!«, rief Helene, einen Schritt näher tuend. »Erstens sind Sie nicht bei der Braut des Herrn von Montague, der diese Beleidigung zu strafen wissen würde, sondern bei der Gräfin Sostaniew ...«

»Das Letztere weiß ich!«, unterbrach sie der Gast mit einer beißend höhnischen Miene, sie so frech anschauend, dass sein Blick die Röte in Helenes Antlitz aufflammen ließ.

»Ferner sind Sie im Irrtum, wenn Sie bei mir Reichtümer vermuten, die Sie verleiten könnten ...«

Ein ebenso höhnischer Blick des Gastes auf die Kassette, aus der ein obenauf liegendes Diamantgeschmeide herausblitzte, unterbrach Helene abermals. Ihr Antlitz entfärbte sich vor Angst wieder, denn der Blick des Gastes sagte ihr etwa: Im Notfall bin ich auch mit dem da zufrieden! Unwillkürlich trat sie zum Schutz ihres Eigentums an den Tisch.

»Keine Gefahr! Wir werden uns auch ohne das arrangieren!«, lachte der Gast. »Ich kann mir unmöglich vorstellen, dass die halbe Million Rubel, welche der Selige Ihnen in seinem Ehepakt ausgesetzt und von der doch nur ein Almosen auf mich fiel, schon erschöpft sein sollte! Für Frauen wie Sie, schöne Helene, ist wohl die Million eines anderen ein Frühstück, die eigene aber pflegen Sie besser zu konservieren ... Machen wir keine Umstände!«, setzte er hinzu, indem er sich nonchalant erhob. »Ich werde für heute auch mit hunderttausend zufrieden sein.«

Helene hatte sich mühselig gesammelt.

»Ich habe nie eine halbe Million besessen! Das dort«, Helene zeigte auf die Kassette, »ist alles, was ich noch mein nenne und das sollte eben in Geld verwandelt werden!«

»So haben Sie über Ihre Kräfte gelebt! Das war unrecht von Ihnen!« Mit überlegenem, strafendem Blick musterte er die junge Frau.

»Ja, ich gestehe es! Ich ließ mich verleiten, hier einen Reichtum zu zeigen, den ich nicht besaß, um mich dann in der Einsamkeit zu vergraben!«

»Wie schade! Die Welt hat gerechte Ansprüche auf Ihre Schönheit, Helene! Sie dürfen das nicht; Sie werden es nicht! Es gibt in Paris Hunderte, die eine Wonne darin finden würden, sich um Ihretwillen zu ruinieren! ... Also teilen wir! Ein schönes Weib, wie Sie, nennt die Schätze von ganz Paris sein eigen!«

Gregor Cantopulos streckte die Hand lachend nach der Kassette aus, während er sich mit großer Ruhe dem Tisch näherte.

»Zurück!«, schrie Helene kreischend, sich mit einem Sprung seiner Hand bemächtigend und sie fortstoßend. »Ehrloser! Sie sind zum Räuber, zum Dieb schon hinabgesunken?«

Eine schnelle Bewegung des Gastes schüttelte die zarte Hand von dem Armgelenk, dem Anschein nach schonend, und dennoch so heftig, dass Helene einen Schmerzenslaut ausstieß. Halb mitleidig, halb verächtlich schaute er auf sie hinab; dann erfasste er abermals ihren Arm, zog sie gewaltsam an sich, beugte sich mit spöttischem Lächeln zu ihr und flüsterte ihr einige Worte ins Ohr, vor denen Helene zurücktaumelte.

Mit geöffnetem Mund starrte sie ihn sprachlos, wie versteinert vor Entsetzen an.

»Es gab keine Stufe abwärts mehr für mich, schöne Helene«, höhnte er, ihr die weißen Zähne unter dem schwarzen Bart zeigend. »Ich musste nach aufwärts bedacht sein und das hatte lange seine Schwierigkeiten. Auf der Bahn, die ich einschlagen musste, gibt es der Feinde, der Verfolger zu viel, und Sie selbst streiten mit mir jetzt über ein Recht, das mir ohne Frage zusteht. Sie wollen sich in die Einsamkeit zurückziehen und verweigern mir dieses kostbare Brillantgeschmeide, von dem Sie doch in Ihrer Einsiedelei keinen Gebrauch werden machen können; und was würde der

Juwelier sagen, wenn die gefeierte Gräfin Sostaniew käme, es zu veräußern! Mich kann das Ding da retten, denn ich möchte nicht wieder zu meiner früheren Gesellschaft hinabsteigen, nachdem ich es glücklich bis zum Grand Hotel gebracht und ich die beste Aussicht habe, hier irgendeine reiche Erbin zu finden, deren Vermögen mich vor fernerem Mühsal sichert. Überlassen Sie es mir; ich werde Ihnen gewissenhaft die Rechnung Ihres Juweliers bringen.«

Mit Gravität trat er wieder an den Tisch, erfasste mit geübter Hand das große, aus seinem Etui genommene Geschmeide und steckte es zwischen Rock und Weste, ehe Helene imstande war, ihn zu hindern. Der Gedanke aber, um diesen kostbaren Gegenstand beraubt zu sein, entlockte ihr einen neuen Schrei. »Zu Hilfe! Er bestiehlt mich! Zu Hilfe!«, rief sie aus Leibeskräften, die Hände ringend.

Der Gast wandte ihr gleichgültig den Rücken und schritt zur Tür, in der sich nach seiner Berechnung höchstens die kleine Zofe ihm entgegenstellen konnte.

Diese öffnete sich, als er eben, um die Arme frei zu haben, den Hut auf den Scheitel gesetzt. Anstatt der Zofe aber trat ihm ein bärtiger Mann entgegen, bei dessen Anblick er einen Schritt ins Zimmer zurücktat.

Der Wechsel der Szene war ein so jäher, dass auch Helene zurückprallte, denn hinter dem Bärtigen sah sie Zoe, die ihre Hände rang, und hinter Zoe zwei andere Männer, die sich schweigend draußen an die Tür postieren zu wollen Miene machten.

»Im Namen des Gesetzes verhafte ich Sie, Demeter Rhodios!«, durchdrang eine kräftige Bassstimme das Zimmer.

Helene sank, gelähmt an allen Gliedern, auf einen Sessel und bedeckte das Antlitz.

Eine Pause, während welcher Cantopulos den Eingetretenen vornehm und finster musterte.

»Sie wenden sich an eine falsche Adresse, mein Herr!« Damit suchte er ihn verächtlich beiseite zu drängen und in grotesker Haltung die Tür zu gewinnen. Die beiden draußen stehenden Männer traten ungerufen in dieselbe, ihm den Weg versperrend. Der Grieche trat zurück.

»So verhafte ich Sie, Gregor Cantopulos!« Der Kriminalbeamte legte ihm barsch die Hand auf die Schulter und mit einer Heftigkeit, die ihn in seiner Haltung erschütterte.

»Und mit welchem Recht?«, rief der Grieche, schnell den Eindruck verwindend, den dieser Name auf ihn gemacht, sich mit hochmütiger Miene die derbe Hand von seiner Schulter schüttelnd und den Stock zu seiner Abwehr erhebend.

»Im Namen des Gesetzes, das die Gesellschaft vor Banditen zu schützen hat, in welcher Fasson sie auch auftreten mögen!«

Gregor Cantopulos trat zurück und maß ihn, sich hoch aufrichtend.

»Herr, Sie bringen sich um Ihr Amt durch einen Missgriff, der nicht ungeahndet bleiben wird.«

Beide Hände ballend, das Auge sprühend, zur Verteidigung bis aufs äußerste bereit, stand er da.

»Im Gegenteil, ich übe mein Amt nach Pflicht und Gewissen, nach ausdrücklichem Befehl!«, war die phlegmatische Antwort des Beamten. »Ersparen Sie sich die Komödie, Herr Rhodios-Cantopulos! Um jeden möglichen

Missgriff zu vermeiden, beobachten wir Sie schon seit mehreren Tagen, bis jeder Zweifel hinsichtlich der Identität gehoben. Sie sind derselbe Demeter Rhodios, der sich in Alexandrien von dem aus Singapore kommenden Sir Hough als Diener engagieren ließ und von diesem die schriftliche Vollmacht erhielt, die Pferde, Wagen und Gepäck des Herrn nach Paris zu bringen, denen er mit dem nächsten Schiffe folgen wollte. Laut Meldung der ägyptischen Polizei fand man die Leiche des Engländers im Sand vergraben, und der Verdacht lag nahe, dass Demeter Rhodios der Mörder, der die unerhörte Frechheit besaß, hier unter seinem wirklichen Namen Cantopulos mit dem geraubten Geld und der Equipage des Engländers aufzutreten ... Durchsucht seine Kleider!«, rief der Kommissär den beiden Beamten in der Tür zu, ohne ihn eines weiteren Blickes zu würdigen.

Gregor Cantopulos sah, dass angesichts der Übermacht jeder Widerstand nutzlos. Man öffnete seinen Rock. Das Geschmeide fiel zu Boden.

Ein Blick des Beamten auf die Kassette überzeugte ihn von der Veranlassung des Hilferufs, den er bei seinem Kommen im Korridor gehört.

»Ein Diamantendiebstahl!«, rief er, den Griechen musternd, ohne eine Miene der Überraschung.

Dieser schwieg und starrte mit finsterem Auge und verbissener Miene vor sich hin.

»Eine Waffe!«, damit überreichte dem Kommissär einer der Beamten einen reich mit Silber eingelegten kleinen Revolver.

Ein Wink. Gregor Cantopulos wurde abgeführt. Tiefe Stille herrschte im Zimmer, nur unterbrochen durch die dumpfen Tritte draußen im Korridor und das Wehklagen der armen Zoe ...

»Gräfin Sostaniew!«

Helene hatte nichts von all dem zu sehen gewagt. Jetzt schrak sie auf, als die tiefe Männerstimme ihren Namen rief. Sie ließ die Hände sinken, mit denen sie, im Fauteuil liegend, während der ganzen Szene die feuchten Augen bedeckt, und starrte ins Gemach.

Der Beamte stand in respektvoller Entfernung vor ihr und blickte mit Teilnahme in das von Schmerz verzerrte und doch noch so schöne Antlitz. Der Ton, in welchem sie ihren Namen rufen gehört, war ihr ins Mark gedrungen. Entsetzen stand auf ihrem Gesicht; ihre Hände bebten, große Perlen rannen über die bleichen Wangen.

»Gräfin Sostaniew!«, wiederholte dieselbe tiefe Stimme, während der Beamte, die Hand auf den Tisch stützend, vor ihr stand. »Verzeihen Sie einem Beamten, wenn er auch gegen Sie mit aller Schonung seine Pflicht zu üben gezwungen ist. Dieser Schmuck, den wir bei dem Verhafteten fanden, gehört Ihnen?«

Helene schwieg, den Blick zu Boden gesenkt; ein Bild des Erbarmens saß sie da.

»Sprechen Sie, ich bitte um die Wahrheit!«

Ein leichtes Nicken.

»Und diesen Schmuck hat sich der Verhaftete gegen Ihren Willen angeeignet?«

Abermals Schweigen. Der Beamte wiederholte barscher seine Frage.

Endlich abermals ein Kopfnicken. Ein Tränenstrom folgte dieser Antwort. Helene bedeckte schluchzend das Antlitz wieder mit dem Taschentuch.

»Fassen Sie sich, Gräfin, ich bitte darum, denn wir sind leider noch nicht zu Ende.« Der Beamte schien die Ruhe zu verlieren, trotz seinem Mitgefühl; er betrachtete die Frau mit kriminalistischem Misstrauen.

Helene trocknete ihre Tränen. Ihre Arme fielen schlaff herab; ihre Brust hob sich unter tiefem Seufzen, als wolle sie sich von einer Angst befreien, die sich immer von neuem auf sie wälzte.

Der Beamte machte eine Pause, um Helene zur notdürftigsten Fassung kommen zu lassen, die wie ein Schlachtopfer vor ihm saß. Prüfend hing inzwischen sein Auge an ihrem Gesicht; die immer wachsende Angst der jungen Frau ließ ihn die Stirn runzeln. Er machte eine Miene, als halte er es für besser, ohne Floskeln seine Pflicht zu tun.

»Wollen Sie meine Fragen beantworten, Madame?«, begann er von neuem in artigem Zureden.

Helene, betäubt, verwirrt, vernichtet, bewegte, vor sich hinstarrend, kaum merkbar die Lippen.

Der Beamte räusperte sich.

»Die telegraphischen Nachforschungen wegen des Verhafteten«, begann er wieder, »führten von Alexandrien nach Odessa, von da nach Petersburg und von dort zurück nach Moskau. Wir mussten Gewissheit haben, ehe wir es wagten, den Zorn des Jockeyklubs auf uns zu laden, in welchem dieser Fremde täglich verkehrte. Das Resultat dieser Nachforschungen war auch für Sie, Madame, ein sehr bedenkliches ... Sie hatten eine gewisse Iwanowna als Kammerfrau in Ihrem Dienst?«

Helene fuhr erschreckt zusammen. Schweigend nickte der Beamte vor sich hin, als sehe er leider alles bestätigt.

»Ich verstehe Ihre Antwort, Madame!«, fuhr er fort. »Wie von Moskau gemeldet wurde, ist diese Person vor kurzem an einer schweren Krankheit gestorben und hat auf ihrem Sterbebett Aussagen gegen Sie abgelegt, die ...«

»Sie lügt!«, rief Helene, beide Hände erhebend, als wolle sie Gott zum Zeugen anrufen. »Sie lügt! Sie trennte sich in Neapel im Groll von mir! Sie sprach damals schon Drohungen gegen mich aus ... Es ist eine Lüge! Eine zum Himmel schreiende Lüge!«

»Ich vermag dies nicht zu beurteilen, Madame; es ist das auch meine Sache nicht! Was ich Ihnen hier mitteile, diktiert mir überhaupt nur das Mitgefühl für Sie. Diese Iwanowna sagte also aus: Ihr Gemahl, der Graf Konstantin Sostaniew, sei nicht in einem zeugenlosen Duell mit einem Verwandten gefallen, hinter dem auch die russischen Behörden vergeblich nach einer Spur gesucht, sondern an einem Tag, wo die ganze Hausbedienung draußen bei der Ernte und der Graf ganz allein war, von seinem damaligen Sekretär Gregor Cantopulos auf einer Promenade zum Walde erschossen worden. Sie, diese genannte Iwanowna, habe, am Waldesrand versteckt, gesehen, wie Gregor Cantopulos, der unter dem Vorwand, mit dem Grafen nach einem Ziel schießen zu wollen, zwei Pistolen mitgenommen, seine Waffe, als der Graf zufällig fortgeblickt, auf diesen abgefeuert, wie er dann auch die andere Pistole abgeschossen, die eine Waffe neben dem Leichnam, die andere in kurzer Entfernung hingelegt und sich danach unter die auf der anderen Seite des Waldes bei der Ernte befindlichen Leute gemischt habe. Am Abend habe er ausgesagt, als er das Schloss verlassen, sei der Graf eben mit einem plötzlich eingetroffenen Verwandten in Zank geraten, der ihn jedenfalls im Duell erschossen, denn er habe gehört, wie zwischen beiden Herren von einem Gang auf Pistolen die Rede gewesen.«

Helene hing wie bewusstlos in dem Sessel, der eine Arm war über die Lehne gesunken, die andere Hand lag ohne Regung im Schoß.

»Die genannte Iwanowna hat diese Aussage auf das Sakrament gemacht. Das Schlimmste an derselben aber ist« – der Beamte kniff die Augenlider zusammen, um Helene scharf zu beobachten – »dass sie die Vermutung ausgesprochen, Sie, Madame, hätten um diesen Mord gewusst und dem jungen Mann, mit welchem Sie vor Ihrer Heirat in einem Liebesverhältnis gestanden, eine bedeutende Summe gegeben, als Ihnen das von dem seligen Grafen testamentarisch zugesicherte Vermögen ausgehändigt wurde, damit er sich außer Landes entferne, was auch geschehen sein soll. Dass er jetzt hier bei Ihnen betroffen wurde, dass er die Kühnheit haben konnte, Ihnen hier, ohne Furcht, als Dieb bestraft zu werden, ein so kostbares Geschmeide abzunehmen, ist jedenfalls höchst gravierend für Sie ... Ich bin zu Ende, Madame! Nur aus Rücksicht geschah diese Mitteilung, um Ihnen gegenüber den Rest meiner schweren Pflicht zu rechtfertigen. Die russischen Gerichte verlangen Ihre Auslieferung, die nicht versagt werden kann, sobald Sie hier als Zeugin in betreff des eben an Ihnen begangenen Diebstahls vernommen worden.«

Der Beamte schwieg. Er sah, wie die Unglückliche matter und matter wurde, wie ihr Auge sich schloss und ihr Haupt an die Lehne des Sessels zurücksank.

»Es ... ist ... eine zum Himmel schreiende Lüge!«, hauchten ihre bleichen zitternden Lippen, während ihre Hand sich krampfhaft auf die Brust presste. »So wahr Gott lebt ... ich ... bin unschuldig!«

Mit einem herzzerreißenden, aus tiefster Seele herauf jammernden Schmerzenslaut fiel ihr Haupt zur Seite. Helene hatte das Bewusstsein verloren; regungslos, einer Leiche gleich, lag sie da.

Der Beamte – geschah es aus einer Barmherzigkeit, die er zu üben sich Miene gegeben, oder aus Furcht, seine Beute zu verlieren – er trat schnell heran, erfasste die auf der Brust liegende Hand und behielt sie sekundenlang in der seinigen.

»Nur eine Ohnmacht!«, brummte er beruhigt vor sich hin. »Die Zofe wird wenigstens noch so viel Geistesgegenwart haben, hier hilfreich zu sein ... Und dann ein Posten vor den Ausgang der Wohnung!«

An Vorfälle dieser Art vielleicht schon gewöhnt, schritt er in den Korridor, wo er Zoe furchtsam wimmernd und in Tränen schwimmend auf dem Teppich liegen sah.

»Ihre Herrin ist in Ohnmacht gesunken! Stehen Sie auf! Helfen Sie!«, herrschte er das trostlose Mädchen an.

»Meine arme, arme Gräfin!«, jammerte Zoe, die Hände ringend. »Welch eine Schmach, und sie ist doch so gut!«

Mit schlotternden Knien, von dem Beamten gestützt, wankte sie herein und sank zur Verzweiflung desselben, anstatt Hilfe zu leisten, haltlos zu den Füßen Helenes nieder.

»Ich will lieber zehn Bösewichte verhaften, als ein schönes junges Weib!«, brummte der Beamte und schritt wieder hinaus, um beim Concierge den nötigen Beistand zu suchen.

Zwölftes Kapitel

An dem Ruhebett, auf das man Helene Sostaniew getragen, saßen Zoe und die Concierge des Hauses, eine alte Frau mit wohlwollenden Zügen und einer Miene, die von dem aufrichtigsten Mitgefühl für die Bewusstlose sprach, deren Freigebigkeit sie immer als ein Muster für alle rechtschaffenen Hausbewohner gerühmt.

Zoes Antlitz war sorgenvoll; all der Übermut, der ihrer Soubrettenphysiognomie zur Natur geworden, war angesichts des Vorgefallenen verschwunden; die Hand im Schoß saß sie da, den Schrecken im Herzen, eine Zukunft vor Augen, die sie sich noch nicht ganz klar machen konnte, das Gemüt von Selbstvorwürfen gefoltert, die sie vergeblich niederzukämpfen versuchte. Sie meinte es aufrichtig gut mit ihrer Herrin; sie gehörte zu jenen Geschöpfen, denen die Dienstbarkeit zum Bedürfnis geworden. Sie war gern abhängig, glaubte es sein zu müssen, und wenn sie die Geheimnisse ihrer Herrin an die Frau von Chambras verriet, so geschah es ohne bewusste böse Absicht, nur in dem Wunsch, auch dieser ihrer Protektorin, der sie Dank schuldig war, gefällig zu sein. Hätte sie befürchten müssen, dass die Marquise ihrer Herrin durch geheime Mitwissenschaft in deren Herzenssachen schaden könne, sie wäre verschwiegen wie das Grab gewesen.

Jetzt war das Unglück plötzlich wie ein Blitz in dieses Haus geschlagen. Ihre Herrin, ihre schöne, von ihr aufrichtig bewunderte Gräfin? Mit einer wahren Freude hatte sie stets den Toilettendienst bei dieser verrichtet, ohne Neid auf die makellose Schönheit, die sich ihren Augen, ihren Händen preisgab. Kein Mann hätte Helene mehr bewundern können als sie, und wenn ihr Geliebter – welche Pariserin hätte ihn nicht! – von ihrer Schönheit sprach, rief sie stets: »Ach, ich bin ja eine garstige Kreatur gegen meine Gräfin!«

Mit demselben Enthusiasmus hatte sie von der Letzteren auch stets in der Conciergeloge gesprochen, wenn sie halbe oder ganze Stunden in derselben plauderte; aber auch dort hatte sie kein Geheimnis daraus gemacht, dass der schöne und reiche Montague ihre Herrin liebe, denn sie fand diese Verbindung durchaus »konvenabel«.

Und jetzt! Wer war dieser junge Mann von überraschend schöner Erscheinung, elegant, bewusst, nobel, der sich wie ein alter, intimer Bekannter den Eintritt zu ihrer Herrin erzwungen, ihr eine sehr geräuschvolle Szene bereitet und sich des kostbaren Brillantschmucks bemächtigt hatte, der, wie sie vermutete, ein Präsent Montagues war und den die Gräfin durch Hilferuf zu verteidigen gesucht?

Ohne Zweifel war es ein Gauner, der sich durch vornehme Manieren einzuführen verstand – Zoe hatte ja von dergleichen im Petit Journal, im »Rocambole« gelesen. Die Polizei war ihm auf den Fersen gewesen und hatte ihn auf der Tat ertappt. Aber wie war es zu erklären, dass ihre Gräfin in so tiefe Ohnmacht gesunken, als der Beamte nach Abführung des vornehmen Gauners so lange bei ihr blieb; was ferner bedeutete es, dass derselbe, als er fortgegangen, sie und die

Concierge für die Person der Gräfin verantwortlich gemacht, dass er eine Wache vor das Entree gestellt, nachdem er sich überzeugt, dass die Wohnung keinen zweiten Ausgang habe!

Auch die Gräfin war so gut wie verhaftet; auch sie wäre mit fortgeschleppt worden, wenn sie nicht bewusstlos gewesen wäre und sobald sie die Augen wieder öffnete ...

Zoe schloss die ihrigen. Was um des Himmels willen konnte die Gräfin verbrochen haben, um eine solche Behandlung zu verdienen! Und was musste die Welt, die vornehme Welt sagen, wenn sie erfuhr ... Ja, wenn diesen Augenblick die Marquise hereingerauscht wäre! ... Und wo war Montague? Montague, der sich durch seinen Einfluss ihrer hätte annehmen können, müssen! ...

Zoes Gedanken suchten in der Vergangenheit, da sie sich vor der allernächsten Zukunft entsetzten. Sie gedachte jetzt des oft so sonderbaren Wesens der Gräfin, ihrer Angst vor dem Alleinsein, ihrer schlaflosen Nächte und wie sie die schöne Frau, die doch so glücklich hätte sein sollen, zuweilen einen unterdrückten Angstruf hatte ausstoßen gehört. Sie gedachte namentlich jener Mitternacht, da sie angeblich von ihrer kranken Mutter zurückkehrte und sie ihre Herrin in einem Zustande fand, der ihr viel zu denken gegeben, ohne dass sie auf den Grund der Sache hatte kommen können.

»Es muss was sein! Ja, ja, es muss was sein!«, fiel es ihr jetzt in dieser traurigen Situation immer wieder aufs Herz. »Aber was kann man Unrechtes getan haben, wenn man schön, reich, gefeiert ist wie sie!«

Ein Arzt aus der Nachbarschaft war auf den Ruf der Concierge da gewesen. Der hatte den Zustand für die Wirkung einer großen Gemütsbewegung erklärt, eine Tisane verschrieben, die noch unberührt dastand, und war gegangen, wahrscheinlich mit nicht sehr günstigen Begriffen von der gesellschaftlichen Stellung dieser Patientin, seit er die Wache am Entree gesehen.

Die Gräfin hatte nicht einmal einen Hausarzt, zu dem man hätte senden können; sie hatte sich nie einen solchen aufbürden lassen wollen. Aber auch von den Bekannten der Gräfin, die sonst täglich ins Haus kamen, ließ sich heute niemand sehen. Die Damen waren alle mit ihrer Saisontoilette beschäftigt und hatten keine Zeit. Doch Montague! ... Zu Montague musste gesandt werden; er musste kommen! ...

Da, nach zweistündiger todesähnlicher Bewusstlosigkeit, regte sich die Gräfin. Zoe war es beim Anblick des ersten Lebenszeichens, als müsse sie wünschen, dass die Ärmste das Auge nicht öffne, um nicht zu dem zurückzuerwachen, was so entsetzlich, dass es sie fast dem Tod in die Arme geworfen. Furchtsam blickte Zoe auf; sie sah die erschreckende Entstellung dieser sonst so schönen Züge, sah die sich eben halb öffnenden Augen tief in ihre Höhlen zurückgezogen, einen Zug von Schmerz um den Mund, der sie umso tiefer erschütterte, als dieser Mund eben die Sprache wiederfinden sollte, und was anderes als Jammer konnte diese Sprache sein!

Zoe gab besorgt der Concierge einen Wink, sich leise in das andere Zimmer zurückzuziehen, denn ehe ihre Herrin das Bewusstsein völlig wiedergefunden, konnten Worte fallen, die nicht für das Ohr dieser guten, aber wie alle Conciergen geschwätzigen Frau geeignet waren.

Danach erhob sie sich und trat an das Ruhebett.

»Ich bin es – Zoe!«, sagte sie leise, aber verständlich, sich halb über die Daliegende beugend.

Helene öffnete erschreckend beide Augen; mit starrem, gläsernem Ausdruck schaute sie der Zofe ins Gesicht.

»Du! ... Und was willst du?«, fragte eine heisere Stimme.

»Die Gräfin sind unwohl; ich glaubte nicht von Ihrer Seite gehen zu dürfen.«

Helene streckte sich, als fühle sie Schmerz in den Gliedern. Sie starrte auf ihren Anzug, auf das geöffnete Mieder; ihre Lippen bewegten sich, als sei ihr Gaumen vertrocknet.

»Ich habe Durst, Zoe!«, sprach sie mit Anstrengung.

Zoe griff zu der Tisane und reichte ihr davon.

»Nicht das! Wasser, Zoe! O, mich dürstet so!«

Beruhigter eilte Zoe zur Karaffe. Ihre Herrin erwachte so ruhig; das gab auch ihr einige Zuversicht wieder.

Aber kaum kehrte sie mit der Karaffe und dem Glas in der Hand zurück, als Helene einen so gellenden Schrei ausstieß, dass Zoe erschreckt das Glas aus der Hand fallen ließ. Ein markerschütterndes Jammern folgte diesem Schrei. Helene wand sich auf dem Lager; sie zerwühlte mit beiden Händen das Haar; dann richtete sie sich auf, blickte mit der Wildheit des Irrsinns im Gemach umher, rieb sich mit Verzweiflung Stirn und Augen, schlug sich mit der Hand die Brust, öffnete den Mund zum Sprechen, ohne ein Wort hervorzubringen, und von Angst gejagt, sprang sie jäh vom Bette.

»Zoe, Zoe!«, rief sie der ratlos Dastehenden zu, während sie mit wilder Hast und fliegenden Händen das Mieder zu schließen suchte. »Ich will fort! Auf der Stelle! Ich müsste schon hundert Meilen von hier sein! Hilf mir! Verlass mich nicht, Zoe! Jede Minute ist kostbar!«

Und in Todesangst rannte sie im Zimmer umher, ohne zu wissen, was sie ergreifen solle. Sie nahm die überflüssigsten Toilettengegenstände in den Arm und rannte zur Tür; als sie aber die Hand auf das Schloss gelegt, zog sie diese zurück, als habe sie ein glühendes Eisen berührt. Regungslos, mit allen Zeichen der höchsten Furcht auf dem entstellten Antlitz, starrte sie die Tür an, zitternd an allen Gliedern. Ihr reiches Haar war über Rücken und Schultern herabgefallen, ihr Kleid in Hast und Unordnung nur halb geschlossen! Ihr Auge war unheimlich, wie sie dastand, und plötzlich entfielen die zusammengerafften Gegenstände ihrem Arm.

»Zoe!«, flüsterte sie bebend. »Zoe, ist ... er noch da? Da drüben im Zimmer?« Dabei schaute sie das Mädchen mit flackernden, scheuen Augen an.

»Gräfin, ich beschwöre Sie, beruhigen Sie sich!«, sagte Zoe. »Es ist niemand drüben; nur die Concierge, die ich hinaussandte, als Sie erwachten.«

Furchtsam und verwirrt näherte sie sich ihrer Herrin und legte ihr beschwörend die Hand auf den Arm.

Helene stand tief sinnend, vor sich niederschauend da. Sie wagte es nicht mehr, Zoe anzublicken.

»Es steht mir jetzt alles vor!«, flüsterte sie vor sich hin. »Es war der Henker meines armen Lebens, der heute vor mir erschien, ehe ich ihn vermeiden konnte! Jetzt ist es zu spät! Durch Flucht würde ich mich schuldig bekennen! Ich muss jetzt mein Haupt unter die öffentliche Schmach beugen, muss den Mut haben, vor dem Richter zu erscheinen! ... Mögen sie kommen! Wenn nicht durch Strafe, die ich nicht zu fürchten brauche, büße ich durch öffentliche Schande die Torheit, ein

Leben genießen zu wollen, das von unverdientem Fluch verfolgt wird! ...«

Wie an allen Gliedern gelähmt, wankte Helene rückwärts zu dem Ruhebett, sank ächzend auf dasselbe und barg mit lautem Schluchzen das Antlitz in den Händen.

Zoe ließ die erste Heftigkeit des Schmerzes austoben, dann näherte sie sich leise und legte die Hand auf Helenes Schulter.

»Gräfin, fassen Sie sich!«, flüsterte sie.

Helene lauschte. Sie bebte von neuem.

»Sie sind da, nicht wahr?«, fragte sie, das Antlitz tiefer in den Händen bergend.

»Wir sind allein! ... Was auch kommen möge, ich weiß ja, dass Sie schuldlos, dass Sie, so schön, so edel, so gut, nicht imstande ... Aber ich verstehe nicht, dass Sie ohne jeden Schutz sich einer Unbill fügen ... Befehlen Sie, dass ich Herr von Montague benachrichtigen lasse ...«

»Montague!«, lag es lautlos auf Helenes Lippen, während beide Hände zur Brust fuhren, um zu beschwichtigen, was das Herz so plötzlich wieder in Zittern versetzte .. »Nein, nein, nicht ihn!«, rief sie schnell und ängstlich, Zoes Arm ergreifend und sie festhaltend. »Ich will niemand, niemand lästig fallen! Sie wären imstand, mir den Rücken zu wenden, wenn sie hören, was hier vorgefallen; sie würden mir auch nicht helfen können, wenn sie schon wollten, selbst er nicht, Montague! ...«

Bei dem Namen überfiel sie ein Zucken, das ihren Körper schüttelte. »Anatole!«, drang es aus ihrer Seele herauf. Mühsam erhob sie sich wieder; sie rang die Hände. Ein Tränenstrom rann über ihre Wangen.

»Nein, nein, es ist Wahnsinn, der Gedanke, dies überleben zu können, dieser Schmach mein Antlitz zu zeigen!«, rief sie, im Zimmer umhereilend, die Stirn an die Mauer lehnend, laut aufschluchzend. Dann von einem rettenden Gedanken plötzlich ergriffen, wandte sie sich ins Zimmer zurück.

»Zoe! Sieh mich an!«, rief sie, dieser das vom Schmerz zermarterte Antlitz zeigend. »Sieh mich an, mich, die Gräfin Sostaniew, der noch vor wenigen Tagen alles zu Füßen lag, deren Ohr man mit Schmeichelworten bis zum Überdruss belästigte, von der man in diesem Augenblick wahrscheinlich schon mit Verachtung sich abwenden wird! Zoe, sieh mich an, sag' mir, kannst du Mitleid mit mir haben?«

Zoe legte bittend, mit Tränen in den Augen, die Hände zusammen.

»Könnte ich Ihren Schmerz teilen, mit Freuden sollte es geschehen!«, rief das Mädchen exaltiert.

»Nein, du kannst es nicht! Danke dem Himmel, dass dir der tausendste Teil davon erspart ist!«

Helene irrte wirr und hastig mit den Augen über den Boden, als suche sie Worte. Fieberhaft wechselte es plötzlich rot und bleich in ihrem Antlitz, sie presste beide Hände an die Stirn. Dann lauschte sie mit dem Ausdruck des Wahnsinns.

»Noch ist es Zeit!«, rief sie mit wildem, irrendem Auge. »Zoe!« Sie streckte den Arm nach dieser aus und riss sie mit Heftigkeit an sich. »Schwöre mir, dass du tun willst, was ich von dir verlange, aber jetzt, ohne Zaudern, auf der Stelle!«

»Alles!«, stammelte Zoe erschreckt.

»Alles! Gedenke deines Schwurs!«

Sie erfasste das Mädchen mit beiden Händen an den Schultern, zog es an sich und flüsterte ihm mit heißem Atem einige Worte ins Ohr.

Zoe fuhr entsetzt zurück.

»Nimmermehr!«, schrie sie mit Abscheu sich losreißend und den Arm abwehrend von sich streckend.

»Siehst du? Du logst, als du versprachst!« Helene erfasste mit Heftigkeit Zoes Arm wieder, als wolle sie das Mädchen zum Gehorsam zwingen.

»Es wäre ein Verbrechen!«, rief Zoe, vergeblich bemüht, sich loszumachen und mit Schaudern die Verzweifelte anblickend.

»Du musst! Du hast es gelobt! Du ...«

Helenes heisere Stimme erstickte plötzlich.

Das Geräusch einer Tür, schwere Tritte im Korridor und grobe Männerlaute unterbrachen sie. Mutlos ließ sie des Mädchens Arm sinken und beide standen einen Moment regungslos da.

»Es ist zu spät!«, flüsterte Zoe vor sich hin. ›Sie kommen!‹

Mit einem Schrei stürzte Helene in den Hintergrund des Zimmers, warf sich über das Ruhebett, barg das Antlitz auf demselben, und das Aneinanderschlagen ihrer Zähne durchdrang Zoes Glieder mit so eisigem Entsetzen, dass auch sie gelähmt zusammensank und ebenfalls, den Moment des Schreckens erwartend, das Antlitz in den Händen barg.

Eine halbe Stunde später nahm ein vor der Tür stehender, geschlossener Wagen eine wankende, tief verschleierte Gestalt auf.

Ein Mann in einfacher, dunkler Kleidung folgte ihr in denselben, und erst als er sich entfernt, trat die alte Concierge, die Hände ringend, aus ihrer Loge, durch deren Fenster sie zitternd der Verschleierten nachgeblickt. Ein Kreuz auf der Brust schlagend, hoch aufatmend, als das Gefürchtete vorüber, mit schlotternden Knien stieg sie die Treppe hinan.

»Armes Kind, dass auch Ihnen so etwas passieren musste!«, sprach sie, die Hände faltend, als sie Zoe auf dem Vorplatz begegnete, die in höchster Verwirrung ihre notwendigsten Kleidungsstücke auf dem Arm zusammengerafft hatte und von einem am Korridor stehenden Beamten gefolgt, der offiziell die Wohnung schloss, die Treppe hinabeilen wollte. »Armes Kind! Einen solchen Dienst so plötzlich zu verlieren!«

Zoe antwortete nicht, sie sah auch nicht. Ihre Augen waren von Tränen geblendet. Erst als sie die Loge der Concierge erreichte, warf sie alle ihre Kleidungsstücke und einen in der Flucht vollgestopften Reisesack auf den Boden und brach in lautes Wehklagen aus.

Hier fand sie Anatole, der, von Unruhe getrieben, die ihm sonst vergönnte Abendstunde nicht hatte abwarten können und nach langem Sinnen zu der Überzeugung gekommen, dass Rostoff ein boshafter Verleumder sei, zu Helenes Wohnung eilte.

Sprachlos hörte er von dem Geschehenen. Kein Wort kam über seine Lippen, als Zoe und die Concierge, noch unter dem ganzen Einfluss des Schreckens, abwechselnd sich in die Rede fallend, um zu ergänzen oder zu berichten, ihre Erzählung beendet.

Erst als Zoe aufsprang und ihn beschwor, ihrer Herrin zu Hilfe zu eilen, die sicher durch die ihr angetane Schmach zu einem Akt der Verzweiflung gegen sich selbst getrieben werde, erst da erhob er sich mit dem festen Vorsatz, etwas zu tun.

Er wankte hinaus. Aber auf der Straße angekommen, fand er sich in einer Verwirrung, dass er nicht wusste, welche Richtung er einschlagen solle, viel weniger, was er zu tun habe. Helfen – aber wie und wo! Die Fäden seiner Gedanken zerrissen, sobald er sich einer Idee klar werden wollte; nur in einem behielten sie ihren entsetzlichen Zusammenhang: Helene war mit dem Griechen verhaftet worden! Was Rostoff von ihrer Beziehung zu diesem Abenteurer gesprochen, bestätigte sich also, und – wenn er ihm nicht die ganze Wahrheit erzählt hatte! Wenn Rostoff ihm verschwiegen, was die Gerichte veranlassen konnte, eine Dame zu verhaften, die den höchsten Gesellschaftskreisen angehörte, einen Schritt zu wagen, der in diesem das peinlichste Aufsehen, ja Entrüstung hervorrufen musste.

Anatole kam zu keinem Entschluss. Deutlicher gestaltete sich in ihm die Ahnung, dass der Sache etwas Schlimmes zugrunde liegen müsse, dass Helenes Beziehung zu dem Abenteurer eine selbst vor den Gerichten strafbare sei, dass zwischen ihnen ein Band existiere, welches diesen mit so großer Ostentation aufgetretenen Fremden berechtigte, sich bei ihr einzudrängen, sich sogar jenes Schmuckes zu bemächtigen, den sie, freilich mit Widerstreben, erst vor einigen Tagen als ein Geschenk seiner Liebe angenommen.

Und welche Rolle sollte er in dem bevorstehenden Drama spielen! Er selbst hatte gestern öffentlich auf der Promenade bestätigt, was die Marquise von Chambras so eilfertig überall verbreitet. War Helene schuldig, so zeigte man mit Fingern auf ihn; war sie es nicht, so war ihre Stellung in der Gesellschaft durch nichts wieder zu gewinnen, denn ihre geheime Beziehung zu diesem Abenteurer, der, wenn man ihm sonst nichts anhaben konnte, jedenfalls des Diebstahls überführt werden musste, reichte hin, um sie für alle Zeit zu kompromittieren. Und dieses unselige Duell! Vor einigen Tagen erst hatten sich alle Journale damit beschäftigt, und heute war die Gräfin Sostaniew wiederum die Heldin eines Dramas, das ...

Der schwer verletzte Stolz, der Gedanke, dass Anatole Montague, der reichste Kavalier, wenn auch vielleicht nicht persönlich, doch mit seinem fleckenlosen Namen vor den Assisen erscheinen solle, trat immer mächtiger gegen die Versöhnlichkeit des Herzens auf. »Du liebst dieses Weib!«, rief es in ihm, »und sieh, du wagst es nicht, aufzublicken! Du verschmähtest die Schönsten, die Besten unter den Frauen, und du liebst ein Weib, das dich selbst warnte, als es dir zurief: ›Du kennst mich so wenig!‹«

Diese Mahnung war es, die ihn, sich selbst unbewusst, in die entlegensten Gassen getrieben, in denen er nichts weniger hätte suchen können, als eine Vermittlung zugunsten Helenes. Und hier in dieser Abgelegenheit fiel es ihm endlich ein: Es ist Zeit, dein Hotel zu gewinnen, ehe die Nachricht sich verbreitet, dass Montagues – Braut als Verbrecherin verhaftet! ...

Der Stolz macht feig angesichts eines Gegners, mit dem ein Kampf unmöglich. Anatole würde Himmel und Erde in Bewegung gesetzt haben, um für die Unglückliche einzutreten, denn er war innerlich noch von ihrer Unschuld überzeugt; aber die skandalösen Umstände, unter welchen ihre Verhaftung geschehen war, ihre intime Verbindung mit diesem Abenteurer, von der alle Welt jetzt erfahren musste –

jede Möglichkeit einer Rettung ihrer und seiner Ehre war undenkbar.

Anatole erreichte sein Hotel, schützte bei der Dienerschaft ein Unwohlsein vor und verschloss sich in sein Arbeitszimmer, um von niemand gesehen zu werden.

Dreizehntes Kapitel

Die Reporter sämtlicher Journale waren am nächsten Morgen auf den Beinen. Sie stürmten das Haus, in welchem die Gräfin Sostaniew gewohnt, belagerten die Bureaus und Privatwohnungen der Gerichtsbeamten, denn es handelte sich um eine cause célèbre wie sie seit langem nicht da gewesen.

Die Morgenblätter brachten eine kurze Notiz von der Verhaftung des vornehmen Griechen, der aller Aufmerksamkeit im Bois erregt, und der Gräfin Sostaniew, die schon während der Wintersaison durch ihre Schönheit und Eleganz alles hingerissen und in dem Moment verhaftet worden sei, wo sie im Begriff gewesen, Paris zu verlassen. Fast unglaublich, erscheine es dennoch begründet, dass der im Grand Hôtel die glänzendsten Salons bewohnende Gregor Cantopulos in der Wohnung der schönen Sostaniew verhaftet worden sei, und zwar auf frischer Tat, wie er eben der Gräfin einen kostbaren Brillantschmuck entwendet. Die Letztere selbst solle eines schweren Vergehens angeklagt sein. Das Nähere über diese eklatante Doppelverhaftung wurde im Abendblatt versprochen.

In allen Cafés sprach man von diesem Ereignis, die kurze Mitteilung der Morgenjournale verursachte natürlich verschiedene Ohnmachten, namentlich der Frau von Chambras, die eben beim kleinen Dejeuner saß und bewusstlos in ihr Schlafgemach getragen werden musste.

Helene Sostaniew, dieses himmlisch schöne Weib, das von ihr in die Gesellschaft eingeführt und »lanciert« worden, Helene Sostaniew von Kriminalbeamten verhaftet und bei ihr, mit ihr jener wie ein Fürst aufgetretene junge Grieche, der dieser jungen Witwe ein Geschmeide entwendet! Die Welt musste aus ihren Fugen gehen über ein so unerhörtes Ereignis! Und sie, die Marquise von Chambras, war der ganzen Gesellschaft gegenüber verantwortlich für die, ihr durch Einführung dieser jungen Frau, angetane Schmach!

Freilich war es die Gesellschaft, nicht sie gewesen, die diese Fremde mit ihrer Bewunderung so überschwänglich gefeiert, die sich so bereitwillig in der Schönheit derselben gesonnt; aber sie, die Marquise, trug die Schuld, dass dies geschehen konnte! Die Sostaniew, eine Fremde, hatte ihr keinerlei andere Garantien geboten für ihre Ehrbarkeit, ihre Unbescholtenheit, als ihre Schönheit, ihr distinguiertes Wesen, ihre Grazie und Eleganz und sie, die Marquise, hatte sich ein Verdienst daraus gemacht, diese Fremde von ihrer Scheu vor der Welt zu heilen, sie aus ihrer vielleicht wohlbegründeten Zurückgezogenheit nach Paris zu entführen, mit ihr in den ersten Zirkeln zu brillieren!

Nichts gab es zur Rechtfertigung der Marquise, wenn es sich nicht schnell aufklärte, dass die Behörden wieder einmal einen unverantwortlichen Missgriff getan! Aber die Zeitungsnotiz trat so positiv, so zuversichtlich auf, sie sprach so kaltblütig von einer schweren Anklage, dass hierauf wenig Aussicht war.

Man musste die Abendblätter abwarten, in denen Details versprochen wurden, und so lange durfte die Marquise für niemand sichtbar sein.

Denselben Effekt machte die Sache in all den Familien, in welchen Helene Sostaniew ein verwöhnter Liebling geworden. Man verwünschte die Marquise von Chambras, die es gewagt, eine Fremde, von deren Antezedentien sie sicher nichts gewusst, mit einer solchen Stirn in Salons einzuführen, deren Parkett nie ein Fuß betreten, der nicht die tadellosesten Bahnen gewandelt. Man verhöhnte Anatole Montague, der gestern so unbesonnen gewesen, diese fremde Abenteurerin noch in einer Equipage mit seinem Wappen, wahrscheinlich ihrem Brautgeschenk, öffentlich und siegestrunken zu begleiten, nachdem er sich mit dem jungen Vermont um ihretwillen geschlagen.

Als ein Glück betrachtete man es noch, dass die Wintersaison geschlossen, dass die Salons von solcher Infektion gereinigt worden, dass man eiligst und früher als sonst bei so günstigem Frühlingswetter aufs Land gehen konnte, um sich nicht von denen zur Rede stellen zu lassen, denen man diese Abenteurerin als Freundin des Hauses zu präsentieren gewagt hatte.

Aber die Abendblätter mussten erst abgewartet werden, um genau zu wissen, woran man sei.

Der Abend kam. Die Journale brachten lange Artikel, einer dem anderen in den Details widersprechend, einer den anderen in Schilderung wahrer oder unwahrer Umstände überholend. Nur in einem stimmten sie alle überein: die reizende, in den ersten Salons so enthusiastisch aufgenommene und gefeierte Gräfin Sostaniew, um derentwillen sich vor kurzem erst zwei illustre Kavaliere im Duell gegenübergestanden, die man noch vorgestern in der Equipage und an der Seite eines derselben im Boulogner Gehölz bewundert, sei auf Requisition der russischen Behörden als des Gattenmordes mitschuldig oder dringend verdächtig aus ihrer Wohnung abgeführt worden. Mit ihr aber und sogar in dieser ihrer Wohnung sei eine andere Zelebrität von jungem Datum, der mit fürstlichem Glanz aufgetretene Grieche Gregor Cantopulos, ebenfalls russischer Untertan, verhaftet, zu dem die schöne Gräfin während ihrer Ehe in tadelnswerter Beziehung gestanden, der desselben Verbrechens angeklagt und in demselben Moment ergriffen worden sei, wo er der Gräfin vor ihren Augen ein kostbares Brillantgeschmeide gestohlen. Und all das konnte geschehen angesichts so vieler in Paris lebender aristokratischer russischer Familien, die diese Abenteurerin doch hätten entlarven können! O, die Russen, die Russen mit ihrer gesellschaftlichen Vorurteilslosigkeit!

Die Zeitungsberichte genügten, um am nächsten Morgen, einem warmen, klaren Frühlingsmorgen, ein sauve qui peut aller der Familien zu bewerkstelligen, welche ihre Salons durch Einladung »dieser Abenteurerin« kompromittiert hatten. Alle eilten aufs Land, voran der Marquis von Chambras, der ihr enthusiastischster Verehrer gewesen, und seine Gattin. Keiner wollte vor dem Herbst oder der Badesaison von dem anderen gesehen und zur Rede gestellt sein, und bis dahin mochte Gras über der unangenehmen Affäre gewachsen sein.

Nur einer nahm dieselbe von der leichten Seite – der junge Herzog von Vermont. Der, als man ihm, dessen Wunde noch brannte, die Nachricht brachte, erklärte lachend: »Anatole Montague, ein sonst so vollendeter Kavalier, ist ein sentimentaler Schwärmer geworden! Er nahm die Sache so ernst, während ich nur eine vorübergehende Zerstreuung suchte, die er mir allerdings vereitelt hat. Ich werde ihm einen meiner Freunde senden und ihm Versöhnung anbieten lassen! ...«

Inzwischen genügten den Zeitungen wenige Tage, um durch immer neue, meist erfundene Details, die sie sich sogar aus dem südlichen Russland, dem Schauplatz des Verbrechens, telegraphisch verschafft haben wollten, die Schuld der beiden Verhafteten so evident darzustellen, dass niemand mehr an derselben zweifelte.

Nur auf Helene Sostaniew fiel ein etwas milderes Licht, das aber sie nicht rechtfertigen konnte. Gregor Cantopulos entpuppte sich als ein in der Wolle gefärbter Schurke, der wahrscheinlich durch sein bestrickendes Äußeres das unglückliche junge Weib bis zu solcher Schuld hatte hinreißen können, und wann hätte man in Paris für Frauenschuld nicht Nachsicht gehabt! Die eine Zeitung behauptete, er sei bereits geständig, einen reichen Engländer, mit dessen Geld und Equipage er aufgetreten, in Alexandrien ermordet zu haben; die andere ließ dies wenigstens schon als zweifellos erscheinen. Eine dritte brachte endlich die Nachricht, dass auch der über und über mit Gold gestickte Kawasse des Griechen mit dem weißen Schaffell und dem roten, langschweifigen Tarbusch, den man im Bois angestaunt, auf der Flucht in Toulon verhaftet worden und man in ihm einen der Spießgesellen des Cantopulos und einer ganzen griechischen Banditengesellschaft erkannt habe, deren die ägyptische Polizei seit lange vergeblich habhaft zu werden gesucht.

* * *

Als der junge Herzog wirklich einen seiner Freunde in Montagues Hotel sandte, kehrte dieser mit der Nachricht zurück, Anatole sei auf sein Landgut im südlichen Frankreich gereist.

So war es, und dort verblieb Anatole monatelang, einem Schatten gleich in den Wäldern und auf den Feldern umherirrend, mit dem Schicksal hadernd, das ihm dieses einzige Weib entrissen, das er je geliebt, und, was auch die Welt glauben mochte, an der Überzeugung festhaltend, dass Helene in jugendlichem Leichtsinn wohl habe fehlen, nimmer aber zur Verbrecherin werden können.

So kam die Zeit, die hohe Sommerzeit, um welche ihm die Zeitungen die Nachricht brachten, dass Helene Sostaniew demnächst als Zeugin vor den Assisen erscheinen werde, um danach in ihre Heimat ausgeliefert zu werden.

Welch ein Gefühl für ihn, von derjenigen, an der er mit Banden hing, die noch immer nicht ganz zerreißen wollten, wie von einer Verbrecherin zu hören, der die Zeitungen im günstigsten Falle den Transport in die Bleiwerke von Sibirien voraussagten! Und lesen musste er diese Journale. Er wartete darauf, er haschte danach; er durchflog sie alle mit einem gewissen Fieber, immer in der Hoffnung, endlich etwas zu ihren Gunsten zu finden – vergebens!

Helene Sostaniew war gerichtet, ehe noch ihr Urteil gesprochen war, und wer sie einst so hochgepriesen, der verdammte sie jetzt umso tiefer.

Vierzehntes Kapitel

Es war ein massenhafter Andrang zum Zuhörerraum an dem Tag, an welchem Gregor Cantopulos, des Mordes auf ägyptischem Boden nur verdächtig; des Diebstahls auf französischem Boden aber angeklagt, vor den Geschworenen erschien.

Man wusste, dass Helene Sostaniew vor ihrem Transport nach Russland als Zeugin vorgeführt werde. Die Neugier trieb also die Blüte der Pariser Gesellschaft herbei, mit Ausnahme derjenigen, die eben, um sie nicht zu sehen, aufs Land und in die Bäder gegangen waren.

Unter den Zuhörern fehlte auch Rostoff nicht, der seine Überzeugung bestätigt gesehen, dass Gregor Cantopulos vollenden werde, was seine Rachsucht diesem übrig gelassen. Mit hämischer Ruhe folgte er der ganzen Verhandlung.

Als der Schwurgerichtssaal dem Publikum geöffnet und die Vorbereitungen geschehen waren, sah man Gregor Cantopulos ernst, bleich, aber sicher in seiner Haltung, hereintreten; man wollte eine gewisse Frechheit in dem Blick erkennen, mit welchem er die Geschworenen und die Zuschauer maß, eine Stirn, die sich selbst durch die schadenfrohen Blicke derjenigen nicht einschüchtern ließ, die sich wirklich durch sein vornehmes Auftreten hatten düpieren lassen.

Mehr Interesse als seine Person erregte die der Gräfin Helene Sostaniew, die als Zeugin hereingeführt wurde. Ein leises »Ah!«, ertönte aus dem Zuschauerraum; man erschrak beim Erkennen der Zeugin. Das war die als Schönheit gefeierte junge Witwe! Ein bis zur Unkenntlichkeit abgemagertes, todbleiches Antlitz, dessen entsetzende Blässe noch leichenhafter gemacht wurde durch das einfache schwarze Gewand, in das sie gekleidet war. Wie vergänglich ist die Schönheit, wenn das Glück ihr nicht zur Folie dient!

Nicht weit von ihr, aber unbewacht, saß am Zeugenplatz ein junges Mädchen, von dem man weniger Notiz nahm, mit rotblondem Haar und sommersprossigem Gesicht, das fast unverwandt und mit tiefstem Gefühlsausdruck zu jener gerichtet war. Es war Zoe, die dann und wann mit dem Taschentuch über ihre Augen fuhr, um die Tränen zu trocknen, welche dies Wiedersehen ihr verursachte. Und immer wieder schaute sie nach der Unglücklichen hinüber, als suche sie deren Aufmerksamkeit, als bemühe sie sich, ihr einen verstohlenen Wink geben oder einen Gruß senden zu können.

Helene Sostaniew sah sie nicht. Ihr Blick war zu Boden gesenkt; sie wagte nicht, ihn zu jenen Neugierigen zu erheben; sie betrachtete sich scheinbar wie eine moralisch Tote, die freiwillig nichts mehr mit der Welt zu tun haben mochte und selbst das Mitleid nicht verlangte, das ihr einige Frauen sehr demonstrativ kundzugeben suchten. Das war nämlich die Concierge mit ihren Gevatterinnen, die es sich nicht hatte nehmen lassen, mit diesen dem Schwurgericht beizuwohnen.

Der Präsident befahl alsbald nach den üblichen Vorbereitungen die Verlesung der Anklage. Der Generalanwalt begann ein Lebensbild aufzurollen, das an Abenteuerlichkeit und Verworfenheit seinesgleichen suchte. An Ort und Stelle hatte er hierzu die notwendigen Daten gesammelt.

»Der Angeklagte«, so lautete sein Vortrag, »war in Odessa von armen griechischen Eltern geboren. Mit fünfzehn Jahren wurde er durch Protektion eines hohen russischen Beamten nach Petersburg in ein Staatsinstitut gesandt, um dort unentgeltlich erzogen zu werden. Er zeichnete sich in demselben durch Fassungsgabe, aber auch durch Bosheit, Unbändigkeit und Selbstüberhebung aus, wurde aus dem Institut entfernt und ernährte sich als Schreiber bei einem höheren Beamten.

Als solcher lernte er die Komtesse Skawa, ein junges Mädchen von galizischen Eltern, das bei seiner Tante in Petersburg lebte, kennen, und man behauptet einstimmig, dass diese sich, wahrscheinlich geblendet durch die äußeren Vorzüge des jungen Mannes, in gedankenloser, ich will nicht sagen: leichtsinniger Weise ihm hingegeben.«

Helene beugte ihr bleiches Haupt tiefer hinab. Sie fühlte, dass aller Augen auf sie gerichtet waren.

Der Staatsanwalt fuhr fort: »Ein Jahr hatte dieses Verhältnis gewährt, in welchem das Mädchen wahrscheinlich den boshaft heftigen Charakter des jungen Mannes kennen zu lernen Muße hatte, als die Komtesse Skawa einem enorm reichen Grundbesitzer aus dem südlichen Russland, dem Grafen Sostaniew, sich verlobte, nachdem sie jede Gemeinschaft mit Cantopulos aufgehoben. Dieser zog sich zurück. Der Graf Sostaniew reiste mit seiner jungen Gattin auf seine Güter, nachdem er dieser nur flüchtig mitgeteilt, dass er in Petersburg einen ihm sehr empfohlenen Sekretär engagiert. In diesem Sekretär fand die junge Gräfin keinen anderen als Cantopulos.

Es ist nun Sache der russischen Gerichte, zu untersuchen, ob, wie die Zeugin mit hohen Schwüren bestreitet, das Verhältnis zwischen den beiden sich wieder angeknüpft, denn der Graf Sostaniew war ein bejahrter Mann, und man nimmt an, die Ehe sei, wenn auch wohl keine glückliche, doch eine äußerlich ruhige, zufriedene gewesen. Da wurde eines Abends Graf Sostaniew erschossen auf dem Felde gefunden. Cantopulos beruft sich auf die Aussage eines Stallknechts des Grafen, die dahin ging, der Letztere sei, als alles bei der Ernte, allein im Schloss gewesen und seine Gattin in die benachbarte Stadt gefahren, mit einem unerwartet im Schloss angelangten Verwandten, der seinen Wagen an einem Vorwerk zurückgelassen, in Zank geraten und hinausgegangen, um diesen mit der Waffe in der Hand zu schlichten. Man fand allerdings zwei Pistolen; ein Zweikampf wurde als wahrscheinlich angenommen, doch ist nie eine Spur von einem solchen Verwandten gefunden worden. Dagegen gestand die frühere Kammerfrau der Gräfin Sostaniew, die sie auch später auf Reisen begleitete, nach mehreren Jahren auf ihrem Sterbebett, sie habe aus einem Versteck mit angesehen, wie Cantopulos selbst es gewesen, der mit dem Grafen aufs Feld gegangen, um nach dem Ziel zu schießen, und kurz vor dem Waldessaum dem Grafen eine Kugel in die Brust gejagt. Sie sagte auch auf die Sakramente aus, dass, als Cantopulos bald darauf das Gut verlassen, wahrscheinlich weil er sich nicht sicher fühlte, die Witwe des Ermordeten ihm eine große Summe gegeben, woraus ein Einvernehmen der beiden hinsichtlich dieses Mordes zu schließen ist.«

Helene barg ihr Antlitz im Taschentuch, während sich auf der Galerie ein Gemurmel des Abscheus erhob.

»Gregor Cantopulos,« fuhr der Ankläger fort, »tauchte nach seinem Verschwinden aus Russland unter dem Namen Demeter Rhodios auf, wahrscheinlich um allen Nachforschungen seine Spur zu verwischen. Er lebte auf sehr großem Fuß in Athen, hielt sich Maitressen und gab seinen Freunden große Festlichkeiten, natürlich mit dem Geld, das er von seiner Mitschuldigen erhalten.

Als diese Summe verprasst war, trat er in Konstantinopel auf. Er wurde Spießgeselle einer Gesellschaft falscher Spieler, die in Galata und Pera in düsteren Locanden ihre Opfer plünderte. Man will ihn sogar unter den Banditen gesehen haben, die in dem berüchtigten Maltesergässchen der Vorstadt Galata ihren Schlupfwinkel haben. Erwiesen ist, dass er wegen verschiedener gegen Fremde verübter nächtlicher Straßenüberfälle aus Konstantinopel fliehen musste.

Nach einer längeren Pause, über die keine Aufklärung zu finden, debütierte der Angeklagte wieder unter dem Namen Rhodios in Kairo. Dort gehörte er zu der berüchtigten Bande des Griechen Politi, die so mächtig war, dass selbst die ägyptische Polizei sich vor diesem Banditen fürchtete. Zur Illustration dieser Umgebung sei hier erwähnt, dass trotz aller Verbrechen, welche Politi und seine Konsorten auf offener Straße, bei hellem Tag verübten, niemand ihn anzufassen wagte, bis er endlich von einem seiner eigenen Leute im Kaffeehause überfallen und niedergeschossen wurde.

Seine Spießgesellen behaupten nun, es sei dies Rhodios gewesen. Sie behaupten ferner, Rhodios habe zu der ersten Gattin Politis in strafbarem Verhältnis gestanden; derselbe habe deshalb dieses Weib zu Tode misshandelt und am Tag darauf eine andere genommen.

Doch auch dies sei nur erwähnt, um den Herren Geschworenen ein Bild zu entwerfen, wie ein von der Natur mit vortrefflichen Anlagen ausgestatteter, vom Staat und von Gönnern mit Wohltaten begnadeter Mensch zum falschen Spieler, zum Räuber, zum Mörder hinabsinken konnte. Alle diese Phasen hat der Angeklagte durchlaufen, bis ihn seine Vermessenheit zu einer Tat trieb, die seiner fluchwürdigen Karriere ein Ziel setzt.

Sir Henri Gough, ein reicher Engländer, reiste, nur von einem seiner Diener begleitet, mit zwei prachtvollen Pferden und seiner Equipage von Singapore über Suez und Frankreich nach London. In Kairo engagierte er einen zweiten des Landes kundigen Diener, der sich ihm präsentierte, um mit diesem Ausflüge in die Wüste zu machen, beschloss aber, vorher seine Equipage selbst nach dem Hafen von Alexandrien zu bringen und dann ins Innere zurückzukehren.

Dieser landeskundige Diener war kein anderer als der Angeklagte. Er wurde mit dem anderen Diener Sir Goughs sehr bald intim, und dieser gestand ihm, wie er nichts sehnlicher wünsche, als nach Singapore zu seiner Geliebten, einer Malaiin, zurückzukehren. Die Sehnsucht ziehe ihn so stark dahin, dass er augenblicklich seinen Herrn verlassen würde, um das nächste Schiff in Suez zu nehmen, wenn er das Geld besäße.

Hierauf baute der Angeklagte seinen verbrecherischen Plan. Er besaß die jenem nötige Summe, ein Beweis, dass er nicht aus Not sich als Diener verdungen hatte, vielmehr mit einem Anschlag gegen den Engländer umging. Der Diener war in Alexandrien plötzlich am Tag vor Abgang des ostindischen Dampfers verschwunden. Dass der Angeklagte ihm in einem Wirtshause von Alexandrien Geld gezeigt und gegeben, ist durch den Sais eines reichen Alexandriners und einen Schiffer, die es mit angesehen, bezeugt worden.

Der Engländer, dessen Vertrauen sich der Angeklagte gewonnen zu haben scheint, änderte seinen Plan und beschloss, diesen mit seiner Equipage und seinem Gepäck nach Frankreich vorauszusenden. Er präsentierte ihn bei der Dampfschiffsagentur als seinen Bevollmächtigten, zahlte die Überfahrt und begab sich am Nachmittag unter Führung des Angeklagten nach dem benachbarten Ramleh.

Spät abends kehrte der Angeklagte allein ins Hotel zurück mit der Aussage, Sir Gough habe draußen in Ramleh, der Villeggiatur reicher Alexandriner, einen intimen Freund und Landsmann gefunden, bei dem er übernachten werde, um sich mit ihm am anderen Morgen weiter nach Kairo zu begeben; er, der Angeklagte, habe Order, ihm das kleine Gepäck nachzusenden und am nächsten Abend mit dem übrigen sich nach Marseille einzuschiffen, wohin Sir Gough folgen werde.

Man ist in Alexandrien in den Hotels nicht gewohnt, das Tun und Lassen der Gäste zu beobachten; niemand kümmerte sich deshalb darum, als der Angeklagte die halbe Nacht verwandte, um mit den ihm angeblich von seinem Herrn anvertrauten Schlüsseln alle Koffer zu öffnen und sauber wieder zu verschließen. Am anderen Nachmittag bezahlte er die Hotelrechnung seines Herrn, der ihn reichlich mit Geld versehen haben sollte, und schiffte sich nach Marseille ein.

Acht Tage darauf fand man in dem tiefen Flugsande, der Ramleh umgibt und nach dem es den Namen führt, die Leiche eines Fremden. Der Chamsin hatte die Nacht stark gewütet, den Sand zu ganzen Wolken aufgewühlt und Berge zusammengetragen, wo sonst Ebene war. Die Leiche lag in einer getrockneten Blutlache in der Sonne. Der Unbekannte war hinterrücks mit einem langen Messer durchbohrt; der Tod musste augenblicklich eingetreten sein. Seinem ganzen Äußeren nach hielt man ihn für einen Engländer. Man sandte zum Konsulat und von diesem wurde die Leiche als die des Sir Henry Gough erkannt, der dem Konsulat sein Hotel bekanntgegeben hatte.

Der Verdacht fiel sofort auf den griechischen Diener Demeter Rhodios, den er in Kairo engagiert. Die Spur desselben musste leicht zu finden sein, und diese führte in das Grand Hôtel von Paris, aber auf die Fersen eines vornehmen, jungen Griechen, namens Gregor Cantopulos, der mit Equipage und Dienerschaft dort abgestiegen.

Man begnügte sich vorläufig, ihn insgeheim zu beobachten, doch der Telegraph spielte zwischen Paris, Marseille, Alexandrien und Kairo. Durch einen früheren Spießgesellen des Angeklagten, der jetzt als Spion der ägyptischen Polizei dient, erfuhr man, dass der wahre Name des Angeklagten Gregor Cantopulos sei. Zudem meldete die Polizei von Marseille, dass derselbe erst dort einen Menschen sehr reich und auffallend als Albaneser kostümiert habe, den man als gefährlichen Strolch schon heimlich beobachtet; es sei zu vermuten, dass derselbe ein Freund dieses angeblich vornehmen griechischen Reisenden, den dieser aus Furcht vor Verrat oder sonst zu bedenklichen Zwecken an seine Person geheftet.

»Es wurde danach sofort zur Verhaftung des Angeklagten Befehl gegeben. Ihn heimlich beobachtend, hatte man ihn in das Haus treten sehen, das die Gräfin Sostaniew bewohnte. Als die Beamten diese Wohnung betraten, sahen sie im Korridor ein vor Angst bebendes und sprachloses junges Mädchen; sie vernahmen gleichzeitig den Hilferuf einer weiblichen Stimme. Man legte Hand an den Angeklagten, als er eben der Gräfin Sostaniew vor ihren Augen einen kostbaren Brillantschmuck geraubt.

»Wir stehen jetzt, meine Herren Geschworenen,« fuhr der Staatsprokurator fort, während der Angeklagte mit derselben verächtlichen Miene, mit der er seiner ganzen Rede zugehört, ihm einen vernichtenden Blick zuwarf, »wir stehen jetzt vor der Schlange, die sich in den Schwanz beißt. Wir haben den Angeklagten nur zu verurteilen wegen eines Verbrechens, das verhältnismäßig gering gegen die Gräuel, welche dieses menschliche Ungeheuer schon früher auf sich geladen, und ich dürfte, oberflächlich betrachtet, da er der reichlich verdienten Blutstrafe nicht entgehen wird, im Sinne seines Verteidigers für dieses Vergehen wohl mildernde Umstände zugeben.

»Strafbare oder gar verbrecherische Gemeinschaft, eine gemeinschaftlich kontrahierte Schuld rechtfertigt bis zu einem gewissen Grade – wohlverstanden unter Verbrechern, nicht vor dem Gesetz – die Gemeinschaft des Besitzes, weil derselbe einer und derselben Quelle entspringt. Als der Angeklagte mit einem Leichtsinn, der nur aus der Leichtigkeit des Erwerbs und der Verführungsmacht eines plötzlich erwachten Größenwahnsinns zu erklären ist, die ganze gewiss sehr bedeutende Summe verspielt, die er an der Person und in den Effekten des Ermordeten vorgefunden und er auf der Höhe der erschwindelten gesellschaftlichen Stellung, durch welche er der Welt imponierte, sich plötzlich wieder ohne Mittel sah, da suchte er seine Rettung bei der Gräfin Sostaniew. Sie war ihm im Bois in glänzender Equipage begegnet; sie spielte nach seiner Überzeugung hier sicher eine ebenso falsche Rolle wie er, sie war seine Mitschuldige von ehedem, sie musste helfen, sei es durch die Gewalt der Einschüchterung.

»Er nahm, was sie ihm nicht gutwillig geben wollte, zumal er sah, dass auch sie zur Abreise oder Flucht gerüstet war. Sie konnte ihm entgehen; er sah ihr Geschmeide zum Einpacken bereit auf dem Tisch stehen und griff zu. Die Erwiesenheit der Mitschuld jenes Weibes angenommen, obgleich die von Russland Requirierte diese hartnäckig in der Voruntersuchung leugnete, besteht hier allerdings unter den beiden eine Gemeinschaft der Interessen, aber vor dem Gesetz ist diese Gemeinschaft schon dem höchsten Strafmaß verfallen; sie rechtfertigt also nicht mildernde Umstände für diesen Raub, der durch zwei Zeugen bestätigt wird. Zudem haben wir ein Individuum vor uns, das zum Auswurf der Menschheit gehört, das zweimal des Mordes angeklagt; ich beantrage daher seine Verurteilung.«

Der Präsident stellte die übliche Frage an den Angeklagten. Dieser erklärte mit erhobener Stirn die gegen ihn gemachten Anschuldigungen für unwahr. Vor den russischen Gerichten werde er sich vollständig reinigen von jedem Verdacht, der hinsichtlich des im Zweikampf gefallenen Grafen Sostaniew ganz willkürlich nur durch die Aussage einer verlogenen Person, wie jene Kammerfrau Iwanowna, auf ihn gewälzt worden. Durch Zeugen werde er beweisen, dass er an jenem Tag sich bei den Erntearbeiten aufgehalten habe. Sir Gough betreffend, schilderte er mit Beredsamkeit und unter erstaunlicher Fertigkeit in der französischen Sprache, wie derselbe, als er, der Angeklagte, in dem Garten eines Wirtshauses in Ramleh auf seinen Herrn wartend gesessen, ihn aufgesucht, ihm gesagt, er habe einen Landsmann gefunden, bei dem er übernachten wolle, um mit ihm am anderen Morgen nach Kairo zu fahren; wie er ihm die Schlüssel zu seinen Effekten übergeben und ihm lachend gesagt habe, er solle alles bis zu seiner Ankunft in Paris wie sein Eigentum betrachten. Das Geld, das er nach Paris mitgebracht, sei sein Eigentum, denn in Sir Goughs Koffern habe sich erklärlicherweise keine Barschaft befunden. Dass er sich den Scherz gemacht, auf Grund dieser Erlaubnis Sir Goughs, der ein sehr jovialer Mann gewesen, in Paris als vornehmer Mann aufzutreten, sei nicht strafbar; Sir Gough würde höchstens darüber gelacht haben. Dass er die Pferde und Equipage desselben im Klub verspielt, sei ein Leichtsinn gewesen, allerdings, aber er habe den Herrn, der sie ihm abgewonnen, noch nicht autorisiert, sich dieselben abholen zu lassen; er könne ihm also nicht geben, was nicht sein Eigentum sei. Die Pariser Gesellschaft möge sich immerhin ärgern, dass sie von ihm düpiert worden, dass man ihm so bereitwillig Einladungen in die höchsten Kreise gesandt; das werde aber wohl nicht das erste und auch nicht das letzte Mal sein. Was endlich den Brillantschmuck angehe, den man bei ihm gefunden, den habe die Gräfin Sostaniew ihm geschenkt, als er ihr geklagt, dass er ohne Mittel sei, dann aber habe sie sich plötzlich besonnen, dass sie den Schmuck selbst als Präsent erhalten, und ihn zurückverlangt. Die Gräfin Sostaniew und er hätten früher in einer so intimen Beziehung gelebt, dass es ihm wohl erlaubt gewesen sei, diesen Schmuck als eine Entschädigung für die Unterstützung zu betrachten, die er ihr und ihrer Tante früher in Petersburg gewährt, als sie dort mit Letzterer in sehr dürftigen Umständen gelebt. Von einem Diebstahl oder gar einem Raub könne also keine Rede sein; er weise diese Beschuldigung eines Weibes, das sich ihm gegenüber so schuldig wisse, mit Verachtung zurück.

Jetzt wurde Helene Sostaniew aufgefordert, ihre Aussage zu wiederholen. Mit Anstrengung erhob sie sich; mit gleicher Anstrengung suchte sie sich aufrecht zu erhalten. Gefasst, aber mit matter, leidender Stimme, die tief zurückgesunkenen Augen zu Boden geschlagen, die abgemagerten Hände übereinandergelegt, ein Bild des Jammers, das die Geschworenen wie die Zuschauer fast zur Rührung brachte, wie sehr die Stimmung gegen sie war – so erzählte sie kurz, zusammenhängend, wie Cantopulos bei ihr erschienen und was zwischen ihnen geschehen.

Die Zeugin Zoe Meunier wurde aufgefordert, auszusagen, was sie wisse. Zoe trat keck und bewusst vor; mit Geläufigkeit und dem ersichtlichen Bestreben, ihre einstige Herrin zu rechtfertigen, erzählte sie, was sie gehört.

Der falsche Albanese wurde zum Zeugnis aufgerufen, ein Mensch, dem man, wie er jetzt in einfacher, ärmlicher Kleidung dasaß, auf hundert Schritte den Halunken ansah.

Der vereidete Dolmetsch musste übersetzen, was er in der nach schlechtem Italienisch klingenden, am Littorale gebräuchlichen Lingua franca aussagte. Danach kannte er den Angeklagten allerdings unter dem Namen Rhodios – aber das Wechseln des Namens sei im Orient sehr üblich – als einen höchst ehrenwerten jungen Mann, der sich redlich zu ernähren gesucht. In Marseille sei Rhodios ihm begegnet und habe ihm vorgeschlagen, als Diener bei ihm einzutreten. Sehr erfreut über den Vorschlag, da er durch Missgeschick selbst ohne Unterhalt gewesen, habe er ihn angenommen. Das sei alles, was er wisse.

Der öffentliche Ankläger ergriff nochmals das Wort, um eine ägyptische Depesche zu verlesen, laut welcher auch Athanas, der falsche Albanese, zu der Bande des Politi gehört und von dem Gouvernement in Alexandrien aus Ägypten verwiesen worden. Er verlas ferner alle Schriftstücke, die er sich durch das französische Konsulat von Ägypten in betreff der Person des Angeklagten verschafft, eine ganze Aufzählung aller der Ruchlosigkeiten, welche jene gefürchtete Bande verübt, zu der der Angeklagte notorisch gehörte; dann fasste er die Aussagen der beiden Frauen zusammen und wiederholte seinen Strafantrag.

Der Angeklagte gab jetzt selbst einen Abriss seines Lebens, in welchem er sich ins glänzendste Licht zu setzen suchte, die Beschuldigung, als habe er zu jener, ihm allerdings, wie allen in Ägypten Wohnenden, bekannten Bande gehört, mit Abscheu zurückwies und eine Anzahl von Personen nannte, denen er als Diener oder als Sekretär aufopfernde Dienste geleistet.

Der Verteidiger des Angeklagten stellte jetzt alle Anschuldigungen von Seiten der ausländischen Behörden als durchaus vage und unerwiesen hin, deren Grundlosigkeit sich erst später herausstellen werde, die er aber keineswegs als Beweise gegen die Ehrenhaftigkeit seines Klienten gelten lassen könne, die auch nimmermehr in dem Urteil der Geschworenen gegen ihn ins Gewicht fallen dürften. Er gab zu, dass sein Klient ein etwas abenteuerliches Leben geführt, oder doch nur wie Tausende anderer Existenzen, denen man in den Hafen- und Hauptstädten des Orients, ja selbst auf den Boulevards von Paris begegne. Wer am Morgen ohne einen Sou in der Tasche aufstehe und auf die Jagd nach dem notwendigen Fünffrankenstück ausgehe, sei noch lange kein gefährlicher Mensch, man müsse sonst die Hälfte derer einsperren, die täglich die Straße passieren. Solange man nicht das Urteil der Geschworenen kenne und wisse, ob man der Requisition Russlands sogleich Folge geben könne und da noch keineswegs abzusehen, ob dieselbe wirklich gerechtfertigt, da nur ein Verdacht vorliege; solange ferner die ägyptische Behörde überhaupt nicht die Auslieferung des Angeklagten begehre – was bekanntlich nicht der Fall sei –, müsse man in seinem Urteil von diesem Verdacht ganz abstrahieren und sich ohne vorgefasste ungünstige Meinung, die hier schon ein Unrecht vorbereiten würde, an den Vorfall zwischen dem Angeklagten und der Sostaniew halten. Sein Klient sei eben ein lebenslustiger junger Mann, dem sein Äußeres einen sehr wirksamen Empfehlungsbrief für die Welt gegeben und den er natürlich auszubeuten suche, wie das schon sein früheres Verhältnis zu der Gräfin Sostaniew zeige. Er habe den Leichtsinn begangen, fremdes Eigentum zu verspielen, ohne es, wohl erwogen, wirklich, abzuliefern, auch dies Vergehen sei also nicht perfekt; und lebte Sir Gough noch, der, wie wir hören, ein sehr jovialer Herr war und wer weiß welchem ägyptischen Mörder zum Opfer gefallen, er würde sicher seinem Diener den Leichtsinn verziehen haben. Es fehle also in dieser Angelegenheit der Ankläger, mithin auch der Richter. Was den Brillantschmuck betreffe, so wisse man doch, dass die Stellung zweier junger Leute, die einander geliebt und vielleicht noch liebten, eine ganz ausnahmsweise sei, zwischen ihnen also von Diebstahl nicht die Rede sein könne.

Schließlich resümierte der Verteidiger, wenn man schon die Notwendigkeit anerkenne, der Requisition Russlands Folge zu geben, so sei es ganz widersinnig, den Angeklagten hier wegen eines vermeintlichen Raubes mit einigen Jahren bestrafen zu wollen, während, wenn der weit schwerere, in Russland schwebende Verdacht begründet werden könne, dem Angeklagten mindestens eine lebenslängliche Beraubung der Freiheit, ja die todbringende Arbeit in den Bergwerken Sibiriens beschieden sei. Er beantragte deshalb, auf eine solche Lappalie nicht so großes Gewicht zu legen.

Der Verteidiger sprach im ganzen wie einer, der einen zum Tode Verurteilten vor seinem Ende vor einer Erkältung zu hüten bemüht ist. Seine letzten Worte schienen denn auch den Hochmut seines Klienten sehr herabzudrücken. Vor sich niederstarrend, den Nacken beugend, stand er da während er bisher frech die Richter gemustert.

Auch der Gerichtspräsident nahm jetzt wieder das Wort zu einem Resümee der Verhandlung, das, wie objektiv es gehalten, doch nichts zugunsten des Angeklagten beitrug. Die

Geschworenen zogen sich danach zurück und beantworteten die einzige ihnen gestellte Frage mit ja.

Gregor Cantopulos brach, als er aus dem Mund des Präsidenten sein Schicksal vernahm, in einen Laut verbissener Wut aus; er ballte die herabhängenden Hände und suchte wild mit den Augen am Boden. Er wollte die Hand erheben gegen den Gerichtsdiener, der eben die seine auf seinen Arm legte, um ihn abzuführen, biss aber in ohnmächtigem Grimm die Zähne zusammen und ließ es geschehen.

Während der Auflösung der Gerichtssitzung entwickelte sich noch eine stille, lautlose Szene, die kaum beachtet wurde, als das Publikum zufriedengestellt mit Beifallsgemurmel den Saal verließ.

Zoe stand da, ihre Tränen trocknend, das Antlitz ihrer einstigen Herrin zugewandt und mit einer seltsamen Spannung in den Gesichtszügen, als brenne ihr noch etwas auf dem Herzen. Als dieselbe abgeführt werden sollte, stürzte sie zu dem Beamten und schluchzend beschwor sie diesen, ihr zu gestatten, dass sie nur ein einziges Mal ihrer teuren, unvergesslichen Herrin die Hand zum Abschied küssen dürfe.

Und ehe dieser noch zu einem Entschluss gekommen, hatte sich Zoe der Gräfin mit einem Sprung genähert. Sie ergriff ihre Hand, während das abgezehrte Antlitz der Gefangenen ihr ein mildes, schmerzvolles Lächeln widmete. Sie bedeckte diese Hand mit Küssen und flüsterte einige kaum verständliche Worte.

Es war, als vernehme Helene in diesen Worten ein Evangelium; es durchzuckte ihren Arm bei der Berührung mit Zoes Hand, ihren ganzen Körper, und als Letztere unter

Tränen zu ihr aufschaute, hörte sie die bleichen Lippen flüstern:

»Dank, tausendfachen Dank, du edles Herz! Du hast mich nicht vergessen!«

Und die Hand dem Druck Zoes entreißend, führte sie dieselbe mit dem Taschentuch ans Auge und wandte sich ab, um in ihren Kerker zurückzukehren.

Lange, mit gespanntem, aufgeregtem Gesicht, einem eigentümlichen Ausdruck von Befriedigung und Reue schaute Zoe ihr nach, bis sie verschwunden und auch sie aufgefordert wurde, den Platz zu räumen.

»Es ist geschehen!«, murmelte Zoe leise vor sich hin und die Augen schließend tappte sie hinaus.

* * *

Die Zeitungen brachten am nächsten Tag einen ganz ausführlichen Bericht von dieser Gerichtsverhandlung. Eine derselben fügte mit gesperrter Schrift hinzu:

»Während wir diesen Bericht in die Presse geben, kommt uns die Nachricht, dass die Gräfin Sostaniew im Gefängnis gestern Abend ihrem Leben ein Ende gemacht hat, und zwar durch Gift. Unbegreiflich ist es, wie sie trotz der aufmerksamsten Überwachung in Besitz desselben gekommen. Sie steht jetzt vor dem höchsten Richter, dessen strafendem Arm sich noch kein Sünder zu entziehen vermocht!«

Fünfzehntes Kapitel

Die wenigen Monde hatten Anatole nicht genügen können, mit sich zum Abschluss zu kommen. Schwere Prozesse mit dem Herzen verlangen immer lange Instanzen. Er selbst in seinem Bemühen, eine hoffnungslose Leidenschaft, die von der Welt gebrandmarkt, zu ersticken, hoffte alles von dem letzten und entscheidenden Moment, wo Helene Sostaniew vor der Jury stehen werde.

Alles hatte er getan, um vergessen zu lernen. Er hatte sich auf seinem Schloss zum Erstaunen seiner Beamten um alle Interessen der Landwirtschaft bekümmert, er beteiligte sich an der Verwaltung, er machte Besuche bei der ganzen Nachbarschaft, lud diese zu sich, bemühte sich, die Töchter seiner Gutsnachbarn schön oder liebenswürdig zu finden, und doch errieten alle, mit denen er in Berührung kam, dass irgendetwas in ihm nicht in Ordnung sein müsse, dass seine Seele nicht mit dabei war.

Jetzt im Hochsommer, als die Sonnenglut alles lähmte oder erschlaffte und in den Schatten der vier Wände verscheuchte, jetzt nachdem er sich selbst ermüdet durch Überstürzung in dem Bedürfnis nach Zerstreuungen, als er die Monotonie, die Wiederkehr immer derselben ländlichen Belustigungen mit Überdruss empfand, machten ihm die Briefe seines Bevollmächtigten in Paris die Ausführung eines Planes dringlich, den er mit einem gewissen Abscheu beiseitegelegt.

Er begann alles zu ordnen; er sprach seinem Intendanten von einer wahrscheinlich jahrelangen Abwesenheit, die diesem nicht überraschend war, da Anatole seit Antritt dieses großen

Besitztums sich nur einige Male, wenn er der Jagd halber kam, flüchtig um dasselbe gekümmert hatte.

Inmitten dieser Reisevorbereitungen brachte man ihm eines Tages die Mappe mit den Pariser Briefen und Zeitungen, auf die er schon mit Unruhe gewartet. Mit bleichem Gesicht und zitternder Hand griff er danach, verschloss sein Zimmer und war erst zum Diner wieder zu sprechen, das er nicht anrührte. Er trieb sich den Rest des Nachmittags, den Abend, bis spät in die Nacht in den Wäldern umher und war während der nächsten Tage unnahbar.

Das einzige, was man aus seinem Mund hörte, war die Mitteilung an seinen Intendanten, dass er zu Ende der Woche eine Reise antrete, von der er vor Jahresfrist nicht zurückkehren werde.

Er dachte nicht daran, den Nachbarn, mit denen er einen so freundschaftlichen Verkehr angeknüpft, seine Abschiedsbesuche zu machen; die leeren Höflichkeitsformeln ekelten ihn an, und schwerlich, meinte er, werde man ihn auf längere Zeit hier wieder sehen. Eine Karte genügte für den Abschied.

Einen ganzen Tag hindurch saß er und schrieb Briefe, suchte frühzeitig die Ruhe und erhob sich am nächsten Tag mit einer Öde im Herzen, als gebe es auf dieser ganzen Welt nichts mehr, was eines Gedankens wert sei.

Wieder kam die Briefmappe. Mit Unmut warf er die Zeitungen beiseite; es ekelte ihn an, auch nur eine derselben zu öffnen.

Unter den Briefen fiel ihm ein großes grobes Kuvert mit einem Gerichtssiegel in die Hand. Er betrachtete dasselbe misstrauisch hin und her. Welche Beziehungen hatte er zu den Pariser Gerichten, die ihm sein Bevollmächtigter nicht erspart hatte!

Überdrüssig öffnete er. Ein Billett fiel ihm in die Hand. In dem Anschreiben des Gerichtes las er einen Namen, der sein Herz laut klopfen machte. Die Zeilen liefen vor seinen Augen durcheinander; das Schreiben entfiel seiner Hand, er griff nach dem offenen Billett – es waren Helenes Schriftzüge!

Sonst, wenn ihm nur eine Zeile von ihrer Hand zukam, hatte er diese enthusiastisch an seine Lippen gedrückt; heute sank angesichts dieses Billetts seine Stirn in die Hand, er starrte es an.

»Zu was! Zu was!«, stöhnte er vor sich hin.

Und dennoch las er, gegen seinen Willen und dennoch von einer Macht, die stärker war als dieser, getrieben.

»Anatole!

Aus Gnade, nur aus Gnade, nichts anderes fordere ich von Dir: Lies diese flüchtigen Zeilen! Ich schreibe sie in einem Augenblick, wo meine Sinne, meine Seele kaum noch mir gehören – ja in einem Augenblick, den ich selber so karg messen muss, denn ich bin im Besitz eines Talismans, und die Angst verzehrt mich, dass man ihn mir rauben könne!

Vor Dir, Anatole, den ich geliebt, dessen Name mein letzter Hauch sein soll, will ich gerechtfertigt dastehen! Was ich hier sage, ist die Wahrheit, so wahr mir Gott helfe; ich sage sie ohne Schonung für mich!

Ich bin schuldig, schuldig aber nur vor mir selbst. Gewiss ist es eine Schuld; ich will sie nicht beschönigen! Als ich sie auf mich lud, war ich jung und unerfahren; ich folgte dem Instinkt eines blutjungen leidenschaftlichen Herzens, der weder durch Erziehung noch durch einen Lehrer geregelt war, den wir Frauen uns leider oft zu spät erst selber geben! Ich liebte Gregor Cantopulos. Meine eigene Tante lehrte mich ihn lieben, weil sie, die plötzlich Verarmte, eine Erleichterung ihrer Lage in all den Unterstützungen fand, die er uns brachte.

Ich war ahnungslos; ich glaubte, ihn lieben zu dürfen, zu müssen; er sprach stets von unserer baldigen Vermählung, von der ausreichenden Existenz, die er mir bereiten könne. Ein Jahr genügte, um ihn in seinem wahren Charakter kennen zu lernen. Ich bereute schwer, was ich getan; ich hatte den Mut, ihn von mir zu weisen.

Cantopulos blieb fort. Meine Tante versank in Not und Elend: Wir verkauften und verpfändeten, was wir besaßen. Noch einmal erschien dieser verworfene Mensch; ich floh ihn, denn ich wusste, dass meine Beschützerin schwach genug sein werde, seine Hilfe wieder anzunehmen.

Da bat der Graf Sostaniew um meine Hand. Er war ein Ehrenmann und als solcher bekannt. Ich wurde sein Weib. Mein Herz war nicht dabei, aber ich schätzte ihn. Er verpflichtete sich, meine Pflegemutter reichlich zu unterstützen, und ich reiste mit ihm auf seine Güter.

Mit Entsetzen, ja mit Grauen erkannte ich in dem bald nach unserer Ankunft eintreffenden Sekretär meines Gatten – Gregor Cantopulos! – Ich fand Gelegenheit, mit ihm allein zu sein. Ich beschwor ihn, nach Petersburg zurückzukehren; ich bot ihm, was ich durch die Freigebigkeit meines Gatten besaß; ich bot ihm mehr noch unter der Bedingung, dass er uns verlasse. Cantopulos verhöhnte mich; er sprach Worte, die mir das Haar sträubten; er glaubte mich in seiner Gewalt zu haben; er drohte meinem Gatten zu verraten, was dieser mit seinen strengen Lebensansichten nimmer erfahren durfte.

Sein Bleiben war für mich eine Qual, eine ewige Drohung. Da er mich unerschütterlich sah, betrog er meinen Gatten vor meinen Augen um große Summen, und ich musste es geschehen lassen. Endlich war er frech genug, mir zu erklären, Graf Sostaniew stehe ihm im Wege, es gäbe Mittel, lästige Menschen zu beseitigen.

Ich wachte über das Leben meines Gatten; ich ging nicht von seiner Seite. Cantopulos schreckte mich durch neue Drohungen; er wagte es, als er mich eines Abends allein in meiner Wohnung wusste, mich zu überfallen; ich rettete mich aus seinen Armen, indem ich zum Fenster hinaussprang. Von da ab war er finster, schweigsam, und vergeblich sann ich auf Mittel, ihn zu entfernen. Das wusste er.

Eines Tages fuhr ich mit der Frau unseres Popen zur Distriktstadt. Ich wusste, dass mein Gatte mit dem Intendanten draußen bei der Ernte sein werde und war also beruhigt. Meine Rückkehr verspätete sich, da unser Kutscher, betrunken wie er war, mit unserer Troika auf den elenden Wegen Unglück hatte. Als wir in den Hof fuhren, brachte man die Leiche meines Gatten!

Ich war bewusstlos vor Schmerz; eine furchtbare Ahnung nannte mir Cantopulos als den Mörder, und doch sagten einige unserer Leute aus, derselbe sei mit ihnen auf dem Erntefeld gewesen. Ein Stallknecht, der in den Tabunen beschäftigt war, erklärte, als er, Cantopulos auf dem Feld zurücklassend, auf den Hof zurückgekehrt, habe er den Grafen mit einem fremden Herrn, einen Kasten unter dem Arm, gegen den Wald zuschreiten gesehen.

Es ist stets meine Überzeugung gewesen, dass Cantopulos dennoch der Mörder gewesen, und dass er diesen Mugik mit dem meinem Gatten gestohlenen Geld bestochen. Wahrscheinlich ist er noch am Leben und zum Geständnis der Wahrheit zu bringen. Das Bekenntnis meiner Kammerfrau Iwanowna auf ihrem Sterbebett bestätigt mich in diesem Glauben; Gott vergebe ihr die entsetzliche Vermutung, dass ich mit Cantopulos im Einverständnis gewesen!

Sie hat es geglaubt, Iwanowna, oder sie wollte es glauben, wie ich aus ihren späteren Reden hörte, weil sie gesehen, dass Cantopulos an jenem Abend nach meiner Wohnung geschlichen, ohne zu wissen, wie ich meine Rettung bewerkstelligte. Sie, eine schlaue, stets lauernde Person, hat auch wahrscheinlich weiter gelauscht, um hinter Geheimnisse zu kommen, deren Existenz sie vermutete.

Als Cantopulos einsah, dass mein Abscheu gegen ihn, mein fester Wille, ihn um die Früchte seiner scheußlichen Tat betrogen, als ich ihm drohte, ihn den Gerichten als wahrscheinlichen Mörder meines Gatten zu überliefern, lachte er mir ins Gesicht. Es werde ihm, höhnte er, in diesem Falle ebenso leicht sein, mich den Gerichten und der Welt als seine Mitschuldige zu bezeichnen, denn man kenne in Petersburg das Verhältnis, in dem wir zueinandergestanden, und die Gutsnachbarschaft habe uns beide ja schon lange im Verdacht geheimen Einverständnisses.

Jetzt erst fiel es mir wie ein Schleier von den Augen, jetzt auch verstand ich erst Iwanownas Benehmen! Dieser Verworfene mochte sich einen Schein gegeben haben, an den die Welt nur allzu bereitwillig glaubt, wenn es sich um eine

Frau handelt! In meiner Todesangst war ich dieser Frechheit gegenüber ratlos. Cantopulos besaß die Stirn, mich mit anzuklagen, wenn er zur Rechenschaft gezogen wurde!

Ich war dem Wahnsinn nahe. Iwanowna war das Mitgefühl selbst gegen mich. Ich hielt ihre Aufopferung für mich damals für aufrichtig. Wie ich zu spät einsehen lernte, wollte diese schlaue Person nur ein Geheimnis erlauschen, mit dem sie mir eine Summe abzwingen könne, die ihr eine sorgenfreie Existenz bereite.

Da half mit der Zufall. Die Tochter eines unserer Bauern, ein bildschönes Mädchen, war zurückgekehrt. Graf Sostaniew selbst hatte die Erlaubnis zu ihrer Entfernung gegeben, weil Cantopulos ihr nachstellte; nach seinem Tode durfte sie wiederkehren. Cantopulos verlangte eines Tages bei mir Gehör. Er war sehr aufgeregt. Er erklärte sich bereit, gegen eine Summe von fünfundzwanzigtausend Rubel das Gut zu verlassen.

Ich nahm an, er fühle sich unsicher und halte es für besser, das Weite zu suchen. Ich atmete auf. Ich zahlte ihm das Geld. Iwanowna, die Lauscherin, musste unglücklicherweise gesehen haben, wie er in einer Ecke des Korridors die Banknoten zählte. Sie hat mir das später vorgeworfen. Cantopulos war noch an demselben Abend mit jener Dirne verschwunden.

Die Behörden glaubten an die Umstände, unter welchen Graf Sostaniew gestorben. Er besaß keine nächsten Verwandten; den übrigen war sein Tod natürlich willkommen. Mich litt es nicht mehr auf den Gütern. Die mir von meinem Gatten ausgesetzte Summe wurde mir gezahlt; ich verließ Russland und reiste nach meiner Heimat, um die Hälfte des mir gewordenen Vermögens der Kirche meines

Heimatsorts zu schenken. Ich verlangte ja so wenig für mich; ich behielt genug, um eine stille Existenz zu führen und mir zunächst auf Reisen Ruhe vor den Schatten der Vergangenheit zu suchen.

Ich fühlte stets eine moralische Mitschuld an dem Tode meines Gatten. Freilich hatte ich ihn nicht zu hindern vermocht, so sehr ich gewacht; ich empfand den Vorwurf, in feiger Rücksicht für mich selbst den Mörder nicht seiner Strafe überliefert zu haben, denn in meinen Augen war Cantopulos der Mörder.

Ohne es zu ahnen, hatte ich meinen bösen Geist in der Person Iwanownas an meine Seite gefesselt. Sie begann damit, mir einen Vorwurf daraus zu machen, dass ich die Hälfte meines Vermögens jener Kirche übergeben hatte. Später wagte sie hinzuzusetzen: wenn man reinen Gewissens sei, so tue man dergleichen nicht. Die Habsüchtige glaubte sich selbst verkürzt durch dieses fromme Opfer! Sie versuchte, nach und nach sich eine Autorität über mich anzumaßen; sie begann, in halben Worten von Cantopulos und mir zu sprechen, mir anzudeuten, dass sie von meiner früheren Beziehung zu ihm gehört, und endlich, während ich, von dieser Person gejagt, von Stadt zu Stadt floh, ohne vor ihr Ruhe zu finden, sprach sie mir in Neapel von der Summe, welche ich diesem Menschen gegeben, um ihn zu entfernen, einer Summe, die selbst der Reichste nicht zahle, ohne genügende Veranlassung hierzu zu haben.

Das Maß war übervoll. Ich verabschiedete sie in Neapel; ich entschädigte sie reichlich, um sie einstweilen vor Sorgen zu schützen. Als Dank dafür schied sie mit Drohungen von mir, die mir bewiesen, dass sie heimliche Zeugin des Mordes an meinem Gatten gewesen sein müsse.

Auch ich verließ Neapel. Ich wollte mich in dem dunkelsten Winkel der Welt verstecken; ich befand mich auf der Flucht vor dem Schicksal. Ich sah nur eine Rettung: nach Russland zu reisen und den Mörder anzuklagen! Das konnte mich vor dem Schein der Mitschuld retten, den man so gern auf mich wälzte. Selbst Rostoff, einer unserer früheren Gutsnachbarn, der sich in Neapel bei mir eindrängte, hatte boshafte Worte fallen lassen, als ich seine Galanterien mit Ekel zurückwies. Der Schein lag vielleicht schon auf mir, aber wo sollte ich Stütze. Hilfe finden, um, ein schwaches Weib, in diesem grauenhaften Dilemma zu bestehen! Wer verteidigte meine Unschuld, wenn Iwanowna aussagte, sie habe Cantopulos am Abend in mein Zimmer schleichen gesehen: Wer bezeugte mir, dass ich mich, ihm entflohen, die Nacht hindurch ängstlich im Gartenpavillon verschloss! Wer rettete mich, wenn Cantopulos, gestand er seine Tat ein, mich des Einverständnisses zieh und Iwanowna beschwor, dass er von mir vor seinem Verschwinden jene Summe empfangen!

Unter dem Fluch jammernd, der mich, fast ein Kind noch, mit jenem entsetzlichen Menschen zusammengeführt, unschuldig und mich dennoch, seit Iwanowna von mir gegangen, stets verfolgt glaubend, kam ich nach Nizza mit der Absicht, in der Schweiz ein abgeschiedenes Plätzchen zu finden.

Gute, teilnahmsvolle Menschen, so glaubte ich, suchten mich dort an sich zu ziehen. Frau von Chambras umgab mich mit mütterlicher Sorgfalt. Es war mir wieder, als erwärme die Sonne auch mich, wie alle übrigen Sterblichen; ich fühlte allmählich und so wohltuend wieder einen Zusammenhang zwischen mir und der Welt; die Furcht vor dem Gespenst meiner Einbildung, das ich fliehen zu müssen glaubte, entließ meine Sinne aus ihren Banden; die freundlichen, teilnehmenden, schmeichelnden Worte klangen wieder an mein Ohr. Da erwachte denn noch einmal die Lebenslust in mir. Die Welt erschien mir noch einmal wieder schön, viel schöner als jene russischen Steppen, die ich durchfahren musste, um mit Menschen zu verkehren.

Ich ließ mich verleiten, dieser Familie nach Paris zu folgen. Ich sah alles leben, leben! Ich sah Dich, Anatole! Es erfasste mich wie ein Strudel, aus dem mir nur dann und wann das Ungeheuer der Vergangenheit seine Fratze zeigte. Ich hatte Augenblicke, in welchen es mich wieder mit grauenhafter Angst packte; ich hörte die leisen Tritte meiner Verfolger hinter mir, fühlte eine kalte Hand auf meiner Schulter!

Ich floh, gejagt von dem Fluch der Mitwissenschaft, vor dem Gespenst des Scheins, das mein Schatten geworden. Ich hatte nicht den Mut, aufrichtig zu sein, nicht gegen meinen Gatten, nicht gegen Dich! Ich log, denn ich schwieg!

Aber ich liebte Dich, Anatole! Um Deinetwillen stürzte ich mich immer wieder in dieses phosphorleuchtende Meer der Gesellschaft! Ich wollte Dir gefallen und sah doch voraus, dass Iwanownas Warnung sich erfüllen werde – Iwanowna, deren drohende Worte mir oft in meinen wüsten Träumen im Ohr hallen –, dass ich das Ende meiner Mittel sehen werde, wenn ich dieses verschwenderische Leben fortführe. Aber ich musste es, um mich zu betäuben; ich sah ein, dass die Einsamkeit, die ich hatte suchen wollen, mich zur Verzweiflung treiben werde.

Ich liebte Dich, Anatole! Ich umarmte Dich!

Und wenn ich glücklich in Deiner Liebe gewesen war, schreckten Iwanownas Worte mich wieder, mit denen sie von mir geschieden: ›Fürchte mich, Du wirst noch von mir hören!‹

Da führte mir das Schicksal, vor welchem ich auf der Flucht in Deinen Armen rasten zu können wähnte, jenen entsetzlichen Menschen wieder in den Weg. Auch Iwanowna hatte in ihrer letzten Stunde ihre Drohung wahr gemacht; sie schied mit einer Lüge aus der Welt, die ihr Gott droben nicht anrechnen möge.

Du weißt, was seitdem mit mir Armer geschehen. Ich schweige von dem, was ich gelitten. Der Schatten, der von Helene Sostaniew zurückgeblieben, gehört nicht mehr unter die Lebenden. Nach all den Martern, die ich ertragen, bin ich zu schwach, um mich der neuen Folter zu unterwerfen, die meiner noch harrt. Selbst der Gedanke, meine Unschuld bestätigt zu sehen, kann mir nicht mehr die Kraft verleihen, all das noch zu erdulden, was mir bevorsteht. Anatole! Die Hand, die soeben die Feder niederlegt, die Dir den Scheidegruß derjenigen sendet, die Dich so unaussprechlich geliebt, sie führt jetzt eben den letzten Labtrank an die Lippen, der mich erlösen soll, und alles, was ich an Gerechtigkeit von der Welt verlange, ist der kleine Dienst, Dir dieses Lebewohl zu senden! Mit reinem Herzen trete ich vor Gott, meinen einzigen Richter!

Vor ihm allein noch kann ich mich rechtfertigen. Die Welt hat schon gerichtet, und was nützt es, mit ihr den Kampf um meine Unschuld aufzunehmen! Vor ihr kann ich

Dein Weib nicht sein, denn mit mir wärst auch Du gerichtet!«

Am nächsten Tag schiffte Anatole Montague sich in Havre nach Westindien ein – allein, aber mit dem Gedanken an diejenige, die ihm unvergesslich geblieben.

Sechzehntes Kapitel

Die französische Gerechtigkeit, nachdem sie den Gesetzen Genüge getan, lieferte Gregor Cantopulos aus, um sich durch Angehörige fremder Staaten nicht weitere Kosten zu bereiten. Sie war der Überzeugung, dass nach allem, was sie über die russische Gerichtspflege gehört haben wollte, die Untersuchungshaft in Russland reichlich das von ihr verhängte Strafmaß aufwiegen werde.

Von der russischen Distriktstadt wurde das über die Aussage der sterbenden Iwanowna niedergeschriebene Protokoll des Isprawnik als Fundament der Anklage nach Moskau gesandt. Das Pariser Gericht hatte aber auch von den Bekenntnissen einer anderen Sterbenden Abschrift genommen, von dem Brief der Gräfin Sostaniew an Anatole Montague, und dieses Schriftstück kam dem Ersteren in der Anklage zu Hilfe.

Beide aber schienen dennoch gefärbt von persönlichen Interessen, und das letztere Dokument, Helenes Aussage, warf auf das erstere, auf Iwanownas Geständnisse, nicht das Licht besonderer Glaubwürdigkeit, es hätte denn angenommen werden müssen, dass auch die Gräfin Sostaniew in ihrer

Sterbestunde zu ihrer eigenen Rechtfertigung ihre Kammerfrau zu verdächtigen gesucht.

Der Angeklagte, der hartnäckig seine Tat ableugnete, erklärte, dass Iwanowna ihn stets gehasst und bei dem Grafen und der Gräfin Sostaniew anzuschwärzen bemüht gewesen sei. Sie habe ihn immer zu überwachen und zu bespionieren gesucht, während er der Überzeugung sei, dass sie ihre Herrschaft bestohlen und betrogen.

Hierfür gab es allerdings zwei Beweise: Die Charakteristik, welche die Gräfin selbst von ihrer Dienerin geliefert, und der noch weit mehr gewinnende Umstand, dass man in dem Nachlass der Iwanowna eine überraschend große Summe an sorgfältig verborgenem Geld und mehr oder minder wertvollen Schmuckgegenständen gefunden, die ihrer Herrin gehört hatten und nach Aussage der übrigen Dienerschaft zum Teil von dieser vermisst worden.

Iwanowna hatte unbestreitbar den Schein der Gehässigkeit; sie selbst war strafbar dafür, dass, wenn sie wirklich heimliche Zeugin jenes Verbrechens gewesen, sie dies nicht früher den Gerichten angezeigt. Dass sie dies aus Liebe zu ihrer Herrin unterlassen, wenn sie an die Mitschuld derselben geglaubt, war nicht anzunehmen; sie konnte vielmehr nur geschwiegen haben, um in ihrer vorgeblichen Mitwissenschaft für ihren Eigennutz ein Mittel zur Ausbeutung ihrer Herrin zu haben. Denkbar war es auch, dass sie aus Rache für ihre Entlassung ihre Herrin beschuldigte, dass sie absichtlich, ohne eigene Überzeugung, das frühere Verhältnis ihrer Herrin zu Gregor Cantopulos kennend, bei ihren Lebzeiten diese durch Verdacht einschüchtern und in ihren Händen behalten wollte.

Wie gern man bereit war, dem Angeklagten alles zuzutrauen, da er sich durch seine in Griechenland und Ägypten verübten Gewalttaten zu allem fähig gezeigt und man im südlichen Russland besser von dem vollständig organisierten Treiben des griechischen Banditentums unterrichtet war – es trat doch kein lebender Zeuge gegen Cantopulos auf, vielmehr hatte Dimitri, der freilich stets betrunkene Pferdeknecht, nachdem man ihn mehrere Tage hindurch nüchtern gehalten, ausgesagt, dass er um die Stunde des Verbrechens den Grafen mit einem ihm unbekannten Herrn, einen Kasten unter dem Arm, gegen den Wald hinaus habe schreiten sehen.

Alles, was Gregor Cantopulos eingestand, beschränkte sich auf Folgendes: ja, er habe sich in egoistischer Absicht von dem Grafen Sostaniew, auf Grund einflussreicher Empfehlungen, als Sekretär engagieren lassen, er habe der Gattin desselben nachgestellt und sie wirklich einmal abends in ihren Zimmern zu ebener Erde überfallen; sie aber sei zum Fenster hinausgesprungen, und vergeblich habe er sie in der Nacht gesucht. Er habe auch Geld von ihr empfangen unter der Bedingung, dass er das Gut verlasse, da er ihr stets gedroht, er werde dem Grafen seine früheren Beziehungen zu seiner Gattin verraten, und es wäre sicher auch dazu gekommen, wenn jenes schöne Mädchen nicht eingewilligt hätte, mit ihm davonzugehen.

Auch die Popin wurde verhört, eine ganz liebenswerte Frau, eine Deutsch-Russin, die von der jungen Gräfin sehr bevorzugt worden und auf dem von weiten Steppen umgebenen Gute, dessen nächste Nachbarschaft mehr als zehn Werft entlegen, der einzige Umgang der Gräfin gewesen.

Sie sagte aus, Helene Sostaniew habe ihr stets ein warmes, vielleicht innerlich zu warmes Herz gezeigt. Sie sei von der Gräfin mit Vertrauen beehrt worden; dieselbe habe in melancholischen Stunden, die sie oft gehabt, ihr wohl zuweilen angedeutet, dass sie sich nicht ganz glücklich, aber auch nicht unglücklich fühle und ihrem Gatten die höchste Achtung entgegentrage. Dass der schönen jungen Frau etwas fehle, habe sie stets gewusst, denn dieselbe sei von leidenschaftlichem Herzen gewesen, aber sie habe sich musterhaft zu beherrschen verstanden. Dass die Gräfin den jungen Cantopulos fürchtete, sogar einen Abscheu vor ihm hegte, habe diese ihr nie verheimlicht; an jenem Schreckenstag aber, an welchem sie mit ihr in der Distriktstadt gewesen, habe sie an der Gräfin nur dann erst Unruhe bemerkt, als der Wagen Schaden erlitt und sie um ihres Gatten willen, der ihr Ausbleiben missbilligen werde, sich besorgt zeigte. Eher, schloss sie ihre Aussage, habe sie an des Himmels Einsturz geglaubt, als an die Möglichkeit, dass die junge Gräfin ihrem Gatten übel gewollt, und wenn boshafte Zungen gegen sie einmal den Verdacht ausgesprochen, dass sie Cantopulos begünstige, habe sie dies stets mit Verachtung zurückgewiesen.

Schließlich wurde das ganze Dorf verhört. Aber es war damals der letzte Tag der Ernte gewesen; diese war am Nachmittag schon beendet worden; man hatte den Leuten Branntwein geschenkt, und dieselben hatten um jene Stunde schon ihre Tänze und Gesänge begonnen. Alle wussten nur, dass sie Cantopulos auf dem Erntefeld gesehen, und ihre Angabe der Stunde, um welche er auf demselben erschienen, lautete zwar widersprechend, aber in der Mehrzahl günstig.

Gregor Cantopulos wurde wegen Mangels an Beweisen freigesprochen. Die ägyptische Behörde zeigte keine Lust, ihn wegen auf ihrem Boden verübten Mordes anzuklagen; sie hatte denselben als etwas nichts ungewöhnliches bereits vergessen und war froh, einen der griechischen Banditen, die ihr schon lange über den Kopf gewachsen, auf bequeme Weise losgeworden zu sein. Nach gewohnter Weise hatte sie nicht einmal den guten Willen gezeigt, die russischen Gerichte in ihrem Verfahren gegen den Angeklagten zu unterstützen.

Also blieb nichts übrig, als Gregor Cantopulos in Freiheit zu setzen und ihn der Aufmerksamkeit der Polizei zu empfehlen.

Triumphierend zeigte sich Gregor Cantopulos in den Straßen von Moskau. Er fand alte Freunde, die sich bemühten, ihn als Märtyrer zu verherrlichen. Man brachte Geld für ihn auf, und Gregor Cantopulos trieb sich, seinen alten Ausschweifungen nachgehend, in den Wirtshäusern umher.

In einer schönen mondhellen Mitternacht schlenderte er durch die stillen Straßen seiner Wohnung zu, die er bei einem alten Bekannten gefunden. Sein Gehirn war umnebelt von Wein, die kühnen Pläne, die er für die Zukunft entworfen, gingen ihm kaleidoskopartig im Kopf herum. Die Hände in den Taschen, bog er um eine jener stumpfen Ecken byzantinischer Straßenwindungen. Tiefer Schatten nahm ihn zwischen den fensterlosen, hohen Lehmwänden auf. Vor sich hinstarrend, summte er eine russische Melodie. Alles, was hinter ihm lag, war vergessen; seiner jugendlichen Tatkraft und dem ihm angeborenen Drange zu schaden, bot die Zukunft ein reiches Feld.

Plötzlich sah er einen anderen Schatten vor sich auftauchen, der sich ihm in massiven Umrissen in den Weg stellte.

Furchtlos schaute er auf. Ein Riese stand vor ihm in ärmlichem, halbzerrissenem, dunklem Bauernhemd. Sein über die Stirn hängendes Haar war kurz über den listig funkelnden Augen horizontal geschnitten, zwischen den Lippen des breiten Munds fletschten zwei Reihen weißer Zähne hervor. Beide Hände auf den das Hemd über der Hüfte haltenden Strick stemmend, grinste das hässliche Gesicht den Griechen an.

»Was willst du? ... Geh mir aus dem Wege!«, rief Gregor Cantopulos, zu der riesigen Gestalt aufschauend und den Arm ausstreckend, um sich Raum zu machen.

»Du kennst mich nicht?«

Der Koloss hob sich in seinen weiten, schmutzigen Stiefeln und kreuzte die Arme auf der Brust.

»Du sollst mir aus dem Wege gehen!«

Gregor Cantopulos legte die Hand auf das an der Brust versteckte Messer.

»Ich bin ja Dimitri! Hast du ein so kurzes Gedächtnis, Gregor Cantopulos? Und du verlangtest doch von deinen Freunden ein viel besseres!«

»Lass mich in Ruhe und geh auch du deines Weges!«

»Ich habe aber auf dich hier gewartet, Gregor Cantopulos! Warum bist du so grob? Sonst warst du viel freundlicher gegen mich! ... Weißt du noch, als du mir Wein zu trinken, und mir Geld gabst, damit ich vor dem Ataman und dem Isprawnik aussagen sollte, es sei ein ganz anderer Herr als du gewesen, mit dem ich den Barin gegen den Wald hinausgehen sah, als alles draußen bei der Ernte war?«

»Dummes Zeug! Ich sage dir ...«

Das verschmitzte Gesicht des Kleinrussen färbte sich. Er trat näher an Gregor heran, der vor ihm zurückwich.

»Du versprachst mir goldene Berge, Gregor Cantopulos, wenn du die schöne Witwe des Barin heiraten werdest, die, wie das ganze Dorf wisse, in dich verliebt sei. Du aber gingst mit der schwarzäugigen Dirne durch und ließest mich im Stich!«

»Dummkopf, wie kannst du glauben, ich hätte so etwas zu dir gesagt! Ich gab dir nur Geld, damit du einmal nüchtern bleiben und die Wahrheit sagen solltest!«

Gregor deckte sich den Rücken an der Mauer, die Hand vorsichtig am Messergriff.

Der Riese schien das nicht zu achten.

»Ehe man mich hierher nach Moskau schickte, nahm mich der Pope ins Gebet«, fuhr seine heisere Stimme fort. »Er hielt mir vor, meine Seele werde in ewiger Verdammnis schmachten, wenn ich nicht vor Gericht jetzt die Wahrheit gestehe. Ich sagte aber dasselbe aus und jetzt wage ich nicht, ins Dorf zu dem Popen zurückzukehren. Ich treibe mich umher und leide Hunger und Durst, denn wenn ich jetzt noch wieder ins Dorf komme, schließen sie mich und schlagen sie mich! Ich wartete auf dich hier, bis du wieder frei sein werdest! Gib mir also nur hundert Rubel, damit habe ich genug, um fortzugehen, denn sie werden mich suchen! Gib mir Geld, Gregor Cantopulos, damit ich trinken kann, denn mir ist, als brenne meine Seele schon im Fegfeuer!«

Der Riese streckte seine dunkle, schwielige Hand aus.

»Gib Geld! Ich muss diese Nacht noch trinken!«, flehte er zudringlich.

Verächtlich stieß Gregor die gewaltige Hand des Kleinrussen zurück.

»Nicht eine Kopeke!«, rief er höhnisch, das Gesicht abwendend.

»Du willst nicht, Gregor Cantopulos? Du lässt mich noch einmal im Stich?«

»Geh zu deinem Popen und lass dich von ihm aus deinem Fegfeuer erlösen!«

»Sie werden uns beide in die Bergwerke schicken!«

Dimitri senkte mutlos, verzweifelt die Arme; er ließ den Kopf sinken wie einer, der, um seine letzte Hoffnung betrogen, zusammenknickt.

Lachend maß Gregor Cantopulos die baumlange Jammergestalt. Er sah nicht, wie es in den Muskeln des hässlichen Gesichts, in den Armen und Fäusten des Riesen arbeitete, und wandte ihm den Rücken, um furchtlos die enge und stille Straße hinabzuschlendern. Seine Hand war sorglos vom Messergriff herabgeglitten. Die Begegnung hatte seine Gemütsruhe so wenig gestört, dass er eben die Melodie fortsummen wollte, in welcher er unterbrochen worden, als zwei gewaltige Hände sich hinterrücks so heftig um seinen Hals klammerten, dass seinem Mund ein Röcheln entfuhr. Vergeblich grub er die Nägel seiner Finger in diesen Schraubstock – noch ein Druck, das Bewusstsein schwand ihm. Seine Glieder brachen unter ihm zusammen.

Dimitri hielt grinsend seine Beute in beiden Armen; er hob sie einige Fuß hoch vom Boden und schleuderte den

Leblosen in den Staub der Straße, der wie eine Wolke über ihm zusammenschlug ...

Wenige Monate später befand sich Dimitri mit einem Transport von Schicksalsgefährten auf dem Wege in die Bergwerke.